NOVOS
CONTOS ERÓTICOS

NOVOS CONTOS ERÓTICOS
DALTON TREVISAN
ANTOLOGIA

1ª edição

EDITORA RECORD
RIO DE JANEIRO • SÃO PAULO
2013

CIP-BRASIL. CATALOGAÇÃO NA PUBLICAÇÃO
SINDICATO NACIONAL DOS EDITORES DE LIVROS, RJ

T739n Trevisan, Dalton, 1925-
Novos contos eróticos / Dalton Trevisan. – 1ª ed. – Rio de Janeiro: Record, 2013.
il.

ISBN 978-85-01-40270-7

1. Conto brasileiro. I. Título.

13-02057

CDD: 869.93
CDU: 821.134.3(81)-3

Copyright © by Dalton Trevisan, 2013

Capa: Fabiana sobre gravura de Poty

Texto revisado segundo o novo Acordo Ortográfico da Língua Portuguesa.

Direitos exclusivos desta edição reservados pela
EDITORA RECORD LTDA.
Rua Argentina, 171 – 20921-380 – Rio de Janeiro, RJ – Tel.: 2585-2000
Impresso no Brasil

ISBN 978-85-01-40270-7

Seja um leitor preferencial Record.
Cadastre-se e receba informações sobre nossos lançamentos e nossas promoções.

EDITORA AFILIADA

Atendimento e venda direta ao leitor:
mdireto@record.com.br ou (21) 2585-2002.

Sumário

Capitu Sou Eu   7
A Navalha de Van Gogh   20
O Quadrinho   23
A Gente se Vê   27
Cantares de Sulamita   31
Macho Não Ganha Flor   41
O Vestido Vermelho   48
Pintou um Clima   56
Filho Ingrato   61
Tudo Bem, Querido   66
Cantiquinho   72
Tio Beto   76
A Festa É Você   83
Prova de Redação   88
Você É Virgem?   97
O Noivo Perneta   105
O Padrasto   113

O Maníaco Ataca   117
O Assobio do Maníaco   121
O Maníaco do Olho Verde   125
O Arrepio no Céu da Boca   132
Amor, Amor, Abre as Asas   148
Violetas e Pavões   154
Ele   162
Lábios Vermelhos de Paixão   167
Marishka   174
O Anão e a Ninfeta   178
Duas Normalistas   188
O Caracol   195
O Mestre e a Aluna   199

Capitu Sou Eu

A professora de Letras irrita-se cada vez que, início da aula, ouve no pátio os estampidos da maldita moto.

Aos saltos de três ou quatro degraus, lá vem ele na corrida, atrasado sempre. Esbaforido, se deixa cair na carteira, provocante de pernas abertas. Mal se desculpa ou nem isso. Ela reconhece o tipo: contestador, rebelde sem causa, beligerante.

O selvagem da moto é, na verdade, um tímido em pânico, denunciado no rubor da face, que a barba não esconde. E, aos olhos dela, o torna assim atraente, um cacho do negro cabelo na testa.

Na prova do curso, o único que sustenta a infidelidade de Capitu. Confuso, na falta de argumentos, supre-os com a veemência e a gesticulação arrebatada: infiel, a nossa heroína, pela perfídia fatal que mora em todo coração feminino. Insiste na coincidência dos nomes: Ca-ro-li-na, da mulher do autor (com os amores duvidosos na cidade do Porto), e o da personagem Ca-pi-to-li-na...

A traição da pobre criatura, para ele, é questão pessoal, não debate literário ou análise psicológica. *Capitu? Simples mulherinha à toa.* "Mulherinha, já pensou?", ela se repete, indignada. "Meu Deus, este, sim, é o machista supremo. Um monstro moral à solta na minha classe!" E por fim: "Ai da moça que se envolver com tal bruto sem coração..."

Na prova escrita os erros graves de sintaxe e mera ortografia já não são disfarçados pelo orador com pedrinhas na boca. E por que, ao sublinhá-los na caneta vermelha, tanto a perturbam as garatujas canhestras?

Nas aulas, por sua vez, ela que o confunde: sadista e piedosa, arrogante e singela. Sentada no canto da mesa, cruza as longas pernas, um lampejo da coxa imaculada. E, no tornozelo esquerdo, a correntinha trêmula — o signo do poder da domadora que, sem chicotinho ou pistola, de cada aluno faz uma fera domesticada. Elegante, blusa com decote generoso, os seios redondos em flor — ou duas taças plenas de vinho branco?

Finda a aula, deparam-se os dois no pátio, já desaba com fúria o temporal. Condoída, oferece-lhe carona de carro, não moram no mesmo bairro? No veículo fechado, o seu toque casual a estremece, perna cabeluda à mostra com o bermudão e botinas de couro. A cabeleira revolta não esconde, agora de perto, o princípio de calvície.

Ao clarão do poste, as gotas de chuva lá fora desenham no rosto da professora fios tremidos de sombra. Com susto, o moço descobre que, sim, é bela: as bochechas rosadas pedem mordidas, sob a coroa solar dos grandes cachos loiros. Sem aviso, inclina-se e beija-a docemente. Para sua surpresa, em vez de se defender, a feroz inimiga lhe oferece a boquinha pintada, com a língua insinuante.

Dia seguinte ela telefona, propõe irem ao teatro, já tem os convites. Essa, a norma no futuro: tudo ela paga — o ingresso, o sorvete na lanchonete, a conta do restaurante.

Na volta, ela comenta o espetáculo. Ele ouve apenas. Silêncio inteligente? Ou não tem mesmo o que dizer? No carro, mais beijo, mais amasso.

"Louca! Louca! O que está fazendo? Nada de se envolver. Logo esse, um babuíno iletrado, que coça o joelho e odeia Capitu? E o teu filho, mulher? Não pensa que...?" É tarde: língua contra língua, apenas uma boca faminta que pede mais e mais.

Dias depois, convida-o para jantar. Música em surdina, luz de vela, vinho branco. Um filme clássico no vídeo, nenhum dos dois chega a ver. É a confusão da primeira vez:

— Como é que desabotoa? Não consigo...
— Cuidado, bem. Assim você rasga!

Só o bruxuleio da tela. Tudo acontece no falso tapete persa da sala, onde ele derruba o seu copo de vinho: ó dunas calipígias movediças! E sai de joelho todo esfolado.

Flutua dois palmos acima do chão: "Como é gostosa, a minha professorinha!"

À sua mercê, na pose lânguida de pomba branca arrulhante. O queixo apoiado na mãozinha esquerda (com tais dedos fofinhos, tal Mariazinha estaria perdida na gaiola da bruxa). O sestro de apertar o olhinho glauco que a faz tão sensual — e era apenas, ele soube depois, o da míope sem a lente de contato.

Uma semana mais tarde, de volta do cinema, ele entra para um cálice de vinho do Porto. Daí se queixa do joelho esfolado. Ela o recolhe no quarto, a ampla cama redonda.

Ao clarão da lua na janela. Sempre a luz apagada, uma cicatriz de cesariana? Arrepiado, ele evita acariciar-lhe o ventre. Mais excitante:

— Eu não sei fazer direito. Com ele... nunca fiz.

Casada sete anos com um dentista. Divorciada há dois. Um filho de cinco.

— Com o tal nunca senti prazer. Me ensine.

O que ela não conta: dez anos mais velha.

— Eu quero aprender. Só para te agradar.

— ...

— Com você é por amor.

De súbito, já esquecida:

— Põe tudo, seu puto. Vem todo dentro de mim!

É o ritual. Mais um filme clássico, que ele abomina e não vê. Ela, aos gemidos e suspiros:

— É assim que se faz? Pode pedir. Tudo o que... Sou a tua escrava!

Escrava, sim, rastejadora e suplicante ou professora despótica, ainda na cama:

— Estes dois, está vendo? Não são para exibir.

— ?

— São para pegar, seu puto. Isso tudo não é enfeite!

A suposta aprendiz, na verdade, mestra com louvor em toques e blandícias.

— Agarre. Sim. Com força. Assim.

— ...

— Aqui, beba o teu vinho

Quer viciá-lo, ela, a droga fatal?

— E mate a tua sede!

Se domina com fluência quatro ou cinco línguas, mais graduada é a linguinha poliglota em ciências e artes.

— Estou fazendo direito? Ai, meu amor, vem... Eu quero tudo. Você todinho. Mais, seu...

Ó grande gata angorá — luxo, preguiça e volúpia —, os olhos azuis coruscantes no escuro.

— Fale, você. Ei, por que não fala?

Ele, durão. Nem um pio. Aturdido com tamanho delírio verbal.

De repente, batidas na porta. Fracas, mas insistentes.

— Pô, quem será?

O moço, um coração latindo no joelho trêmulo. Decerto o maldito ex-marido (*Não é minha? É de mais ninguém!*).

— Orra, o que eu... agora...

Nu, só de meia branca. "E agora, cara? Se esgueirar para debaixo da cama? Pular a janela? Sair voando pelo telhado?"

Um fio de voz:

— Mãe, por favor.

Ela já enfia o roupão.

— Mãezinha, estou com medo!

De chinelinho, a mão na sua boca:

— Não se mexa. Quietinho. Já volto.

Fecha a porta. As vozes se afastam. Ele acende o abajur: mania dela, só no escuro. Algum defeito, além da famosa cicatriz? Vergonha do grosso tornozelo? Todo vestido, espera sentado no sofá. "Nu, já não me pegam. Nunca mais."

De volta, ela explica que, isso mesmo, o menino se assustou. Medroso, quer dormir na cama da mãe.

Sossega-o, mas não deixa: nada de fixação edipiana. Sempre as malditas fórmulas do velho charlatão, diz ele. Ou pensa, mas não diz. Dois beijos, ele se despede. E sai de mansinho.

Dias depois, ela o convida, ele dá uma desculpa. Outro convite, outra desculpa. Na terceira vez, o encontro no teatro. Logo no início da peça, ela não se contém. Voz alta e estridente, chamando a atenção dos espectadores, exige uma explicação. Cansada de amores furtivos. Não é mulherinha qualquer. O moço que se decida: assume o compromisso?

Em pânico, ele encolhe-se na cadeira.

— Eu passo a tomar pílula?

Olha fixo para o palco — depois dessa, Beckett nunca mais.

— Ou é o fim?

Ah, bandido querido, ela começa a chorar por dentro. Mil palavras nada podem contra o brado retumbante do seu silêncio. Não encobre, certo, verdades profundas e caladas. É apenas uma linda cabecinha vazia de ideias — e sentimentos. Desesperada, agarra-lhe a mão. Geme, baixinho:

— Me perdoa... Me perdoa...

Não ele. E aproveita a deixa:

— Você tem razão. É o fim.

Só falar em enigma de Capitu, ele já passa a mão no revólver.

— Sou muito moço para...

Sem perdão ela foi condenada, sequer o benefício da dúvida.

— Isso aí. Já falou. É o fim.

Dia e noite, ela telefona. E pede, roga, suplica, por favor. Que volte, por Jesus Maria José. Ele acaba cedendo. E já os mesmos não são: o doce leite que, só para ele, secretavam ainda os seus peitinhos presto azedou.

O mau aluno revela o pior: bebe o seu uísque, o seu vinho, o seu licor. Perde o acanho, prepotente e abusivo. Só deixar um tímido à vontade nos jogos do amor — e sua audácia não tem limite. Quer tudo, e já. Se, dengosa, ela nega para, entre agradinhos e ternurinhas, logo ceder — não com ele. Segunda vez não pede, o bruto simplesmente toma à força.

Ali na cama do casal, sob o crucifixo bento e a santa de sua devoção, ela se descobre uma bem-dotada contorcionista. É ela? é a sua gata angorá? possessa e possuída, aos uivos, em batalhas sangrentas pelos telhados na noite quente de verão?

Pela manhã, depois que ele se vai, chora de vergonha. "Como eu fui capaz... Não só concordei. Quem acabou tomando a iniciativa? Só eu. Euzinha. Não jurei que nunca, nunca eu faria... Meu Deus, como beijar agora o meu filho? Ó Jesus, sou mulherinha à toa? Eu, culpada. Eu... Capitu?"

Muito desconfia que, apesar da fanfarronice, ele o mais inexperiente. Disfarça o enleio com a feroz truculência. Chegará logo logo ao tabefe de mão aberta (que não deixa marca) e às palmadas sonoras na bundinha arrebitada. Não é o que merece uma cadelinha feminista, advogada graciosa da filha do Pádua?

Deixa-o de carro diante do barzinho, para encontrar os amigos. Amigos? As coleguinhas lindas e frescas, além de desfrutáveis. Boa safra, essa, para um jovem garanhão!

Ao sentir que o perde, tudo o que ela faz para retê-lo mais o afasta. Ah, quão pouco lhe serve agora a prosápia dos barões legendários: com a paixão e o desespero, vem o ciúme furioso. Não esquece que ele pode ter quantas queira — dez anos mais novas que... *a tia?* E que, elas mesmas, se oferecem agressivas. Sem promessa de constância ou fidelidade. A tia bem o sufoca, executora de promissórias vencidas e extintas. Tão diferente da outra (vestida só de cabeleira dourada — adeus, nunca mais, ó dunas calipígias movediças!). Agora exige votos de eterno amor antes, durante e depois do amor efêmero.

Até que uma noite ele cavalga a moto, selvagens a máquina e o piloto, impávido na jaqueta negra de couro — surdo aos gritos que o estampido do motor abafa —, fruindo a liberdade da cabeleira ao vento (merda para o capacete!) e antegozando a próxima conquista.

— Adeus, gorda grotesca de coxa grossa!

Ela, arrependida e já resignada com o seu próximo calvário: a perseguição humilhante pelos bares, onde ele exibe o troféu de guerra da correntinha do tornozelo (*essa tia louca lá fora, sabe quem é?*), a longa vigília diante da sua casa (mora com a mãe viúva), as preces não atendidas, as cartas patéticas, ainda que sem erros de sintaxe ou ortografia — merda para a correção gramatical!

Um babuíno tatibitate, ah, é, que coça o joelho? Quem dera, ainda uma vez, beijar esse joelho esfolado e, rastejando aos uivos, lamber as suas feridas... Ai dela, mesma situação da outra, enjeitada lá na Suíça pelo bem-amado, desgracido machista. E, apesar da péssima prova, graduado por média, com distinção em Literatura.

Essa mesma que, ciosa de sua dignidade, rejeitara uma carona de moto, ao ver que ele se vai, dela esquecido, quer segurá-lo — tarde demais. Na fantasia doida, alcança-o e salta-lhe na garupa, agarrada firme à cintura. Lá seguem os dois, abraçados, à caça de aventuras.

Depois que ele recolhe a moto na garagem e dorme serenamente na cama, ela continua na dura garupa. Condenada a vigiá-lo, a guardá-lo, sempre a esperar.

Caminha descalça pelo inferno de brasas vivas. Uma série vergonhosa de casos: fotógrafo homo, pintor futurista, professor impotente, sei lá, poeta bêbado.

E, última tentativa de reconquistar o seu amor, acaba de publicar na *Revista de Letras* um artigo em que sustenta a traição de Capitu.

A sonsa, a oblíqua, a perdida Capitu. Essa mulherinha à toa.

A Navalha de Van Gogh

Do que eu mais gosto em você?
Sei lá.
Bem, primeiro eu gosto de te ver.

Cada vez é o deslumbre
de uma cauda florida de pavão
que se desfralda ao meu encontro.

Arco-íris que tem lábios e me beija,
com promessa de uma linguinha titilante.

Me agrada o teu cabelo,
ainda mais despenteá-lo.
Oh, pisotear esses longos cachos
de uva tinta madura
entre o zumbido de mil abelhinhas drogadas.

Os teus olhos em que me perco
e, quando piscam, mais me afogam
no seu remoinho sem volta.

Os teus seios que,
debaixo da blusa,
me apontam com dois mindinhos em riste
já me chamam pelo nome.

Saltitantes à tua frente
anunciam: aqui vem a guerreira
com suas armas.

E, livres da blusa,
esses biquinhos que me embebedam
com o vinho forte do patriarca Noé.

O teu ventre lisinho com o búzio do umbigo,
onde escuto as vozes em surdina
de uma sereia assassina em série.

As voltas de tuas coxas portentosas,
antes colunas dóricas ou jônicas,
para sustentar esse prodígio de floração carnal.
No centro delas a penugem
do ninho de asinha de colibri.

E às três palavras mágicas
Abre-te, Pérola!
já se oferecem ao meu delírio e gozo
todos os frutos proibidos do teu paraíso.

Essas tuas graças
pudendas e sem pudor,
prendas íntimas e nem tanto,
com quais pobres palavras
hei de celebrar ao teu ouvido?

Ai, essa orelhinha petulante,
mas tão e tanto que pede
não trinos ou tercetos,
mas a navalha afiada de Van Gogh.

O Quadrinho

Domingo de sol, dez da manhã. Lidando em casa na maldita pia entupida. Palmas e vozes no portão. A mulher me chama, se posso trocar o chuveiro para uma vizinha. Assim me livro um pouco da desgraçida pia, por que não?
Vou mesmo de moletom cinza e sandália. Mais a caixa de ferramenta. Sigo a menina de seus treze anos e, já viu, de peitinho. A duas quadras, se despede diante da pequena casa de madeira, com a avozinha à janela.
Que vem me receber. Velhota de trato, roupão de seda rosa e chinelo felpudo.
— Por aqui.
Com mil desculpas. Incomodar até no domingo.
— Que nada. É distração.
Direto ao banheiro. Enquanto instalo o novo chuveiro, ela me entretém, falando e sorrindo ali na porta.

— Ai, a falta que um homem faz. Até um simples conserto. Trocar uma lâmpada. Quando você perde é que reconhece. Não fosse a boa vontade dos vizinhos. A mulher, coitada, tem outras prendas. Suspirosa, ajeita o cabelo acaju de cachinho. Epa! uma grossa pérola na orelha de porcelana antiga.

— Seis anos que ele se foi. Ai, triste de quem fica. Sozinha, numa cama fria. Toda esta casa só pra mim. Tenho tudo e não tenho nada.

Repuxa a manga para o jato de água quente. Ao enxugar a mãozinha gorducha, já me esbarrando e se aconchegando. Engulo em seco — sem nada debaixo do roupão?

— Será que você podia... Aqui no quarto. Pendurar um quadrinho?

A grande cama de casal, ainda com dois travesseiros. Diante do espelho da penteadeira, ela descansa no meu ombro a cabecinha perfumada. Me sobe o calorão. Levo os cinco dedos ao peito cheio e, quem diria, durinho. Ela sente o volume. Beijo a boquinha aberta — nem carece empurrar, já dobra os joelhos. Fora com o moletom, só de camiseta. A sandália cai sozinha. No criado-mudo um pote de creme verde, seja para o que for, já me sirvo. Derrubo com roupão e tudo. Só abrir, nuazinha, está pronta. Fico por cima, dois arrancos, vira o branco do olho.

Vou com tudo, ela recebe num longo suspiro. Entro com firmeza. Aí geme e pede para morrer. No terceiro golpe, dá um grito. Alto para ouvir na rua. Lá longe na minha casa. Nem sabe que aos brados:

— Jesus Maria José!

Enfio a língua na garganta, afogo o berro. Lá vou eu — e vou fundo —, lá vem ela. Quer mais? Castigo sem dó. Que se farte, a avozinha. Tudo e o céu também. Uai, me estendo de costas e puxo o fôlego.

— Aceita um licorzinho de uva?

Demorar não posso, a dita pia me espera.

— Ah, um cafezinho, eu insisto.

Faz questão que me sente. Na cozinha, porém à cabeceira da mesa. Grande caneca de café com leite. Falamos da carestia e tal. A conversa está boa, mas tenho de ir.

— Se eu precisar, já sei quem me acode.

Me leva até a porta. Despedida cerimoniosa, dois velhinhos de muito respeito.

— Basta a menina me chamar.

Meia hora, se tanto. Pendurar o quadrinho, não me lembrei. O retrato oval do falecido na moldura dourada?

Ninguém ouviu o grito lá em casa.

A Gente se Vê

No ônibus fingi não vê-la. Ela desceu, fui atrás. Alcancei o bracinho nu.

— Ah, é você? Puxa, sem eu falar nem nada, como soube? O toque especial, decerto. Ela me segurou o braço direito: magro, mas forte. Sim, era eu.

— Está melhor, menina?

Em resposta passou a bengala para o braço esquerdo. Uma queda na calçada típica de Curitiba: pedra solta e buraco.

— Quase boa do joelho. Legal te encontrar. A gente não se vê mais?

A passo ligeiro, juntinhos por duas quadras. Já noite, rua mal iluminada, mais buraco que pedra, ai se você não tem o olho bem aberto. Falamos da sombra fresca depois da zorra do velho sol. Diante do pequeno edifício, eu ia passando, ela parou.

— Quer conhecer o meu pedaço?

Buscou a chave na bolsa.

— Deixa que eu...

Já tinha aberto o portão. Daí o curto passeio de cimento.

Mais uma fechadura, o corredor em penumbra. Sem acender a luz, seguiu direito até a quarta porta. Outra chave, apertou o interruptor.

Entrei, ela correu o ferrolho.

Foi até o sofá, descansou a bengala. Móveis baratos, quadrinhos cafonas na parede, nenhum tapete. Sobre a mesa um vaso com ramo florido de giesta aos gritos — amarelo! amarelo! Tão graciosa, blusa preta sem sutiã e saia xadrez acima do joelhinho esfolado. Ainda de óculo escuro.

— O teu noivo? Se ele aparece?

— Tem tempo.

Se ele chega, soube que era ciumento, já pensou? Vinte e seis aninhos em floração vieram ao meu encontro. Me enlaçou o pescoço nos braços perfumosos de giesta, ergueu a cabeça. E ofereceu os lábios molhados. Sôfrega e gemente, ela me beijou. Todo o corpo tremia.

Sem palavra, cambaleamos até a parede. Ergui-lhe a saia, afastei um lado da calcinha. Um tantinho mais baixa: deu certo na altura, nem dobrei os joelhos. Ataquei com firmeza. Dois, três golpes fundos, ela já gritou. Não retardei, antes que o maldito noivo. Nada de meu amor e minha querida. Nessa hora, se não cuida as palavras... Está ferrado, cara. Estremeceu toda e relaxou. Não a amparasse, teria caído. Tão rápido que nem tirou o óculo.

— Ai, ai, benzinho.

Eu, durão: nem um pio. Me compus, só guardar o punhal de mel.

— Tenho de ir. O licorzinho de uva? Para outra vez.

Ela sabe do meu caso. E sei que o distinto pode entrar sem aviso. Ela abriu a porta, acendeu a luz do corredor. Um só beijinho, de leve.

— Vê se agora não me esquece.

— E o teu noivo?

— Não é noivo. Só um amiguinho.

— Ah, sei. A gente se vê.

Avancei pelo corredor, abri a porta com o trinco interno. Me voltei e acenei. Ela acenou de volta. Segui pelo passeio, ela podia bem fazer um cara feliz. Orra, tadinha, não fosse... Maldito óculo de sol.

Diante do portão, a cigarra do ferrolho zuniu. Quem eu era: um príncipe? um matador? Lá na porta uma braçada de giesta sorria toda em flor.

Sim, um matador feliz. E saí depressa pela rua escura. Nesta cidade social você é trombado, roubado e currado em cada esquina.

Cantares de Sulamita

Cantar 1

Se você não me agarrar todinha
aqui agora mesmo
só me resta morrer

se não abrir minha blusa
violento e carinhoso
me sugar o biquinho dos seios
por certo hei de morrer

estou certa perdidamente certa
se não me der uns bofetões estalados
não morder meus lábios
não me xingar de puta
já já hei de morrer

bata morda xingue por favor
morrerei querido morrerei
se você não deslizar a mão direita
sob a minha calcinha
murmurando gentilmente palavras porcas
sem dúvida hei de morrer

também certa a minha morte
se você não acariciar o meu púbis de Vênus
com o terceiro quirodáctilo
já caio morta de costas
defuntinha
toda morta de morte matada

morrerei gemendo chorando se você titilar
a pérola na concha bivalve
morrerei na fogueira aos gritos
se não o fizer

amado meu escuta
se você não me ninar com cafuné
me fungar no cangote
mordiscar as bochechas da nalga

me lamber o mindinho do pé esquerdo
juro que hei de morrer
certo é o meu fim

te peço te suplico
meu macho meu rei meu cafetão
eu faço tudo o que você mandar
até o que a putinha de rua tem vergonha

eu fico toda nua
de joelho descabelada na tua cama
eu fico bem rampeira
ao gazeio da tua flauta de mel
eu fico toda louca
aos golpes certeiros do teu ferrão de fogo
ereto duro mortal

oh meu santinho meu puto meu bem-querido
se você não me estuprar
agora agorinha mesmo
sem falta hei de morrer

se não me currar
em todas as posições indecentes
desde o cabelo até a unha do pé
taradão como só você
é certo que faleci me finei
todinha morta

se não me crucificar
entre beijos orgasmos tabefes
só me cabe morrer
minha morte é fatal
de sete mortes morrida
mortinha de amor é Sulamita

Cantar 2

Oh não amado meu
moça honesta já não sou
e como poderia
se você me corrompeu até os ossos
ao deslizar a mão sob a minha calcinha
acariciou a secreta penugem arrepiada?

como seria honesta
se você me deitou nos teus braços
abriu cada botão da blusa
sussurrando putinha no ouvido esquerdo?

se pousou delicadamente sem pressa
a ponta dos dedos nos meus mamilos
até que ficassem duros altaneiros
apontando em riste só pra você?

maneira não há de ser moça direita
depois de ter as bochechas da nalga
mordidas por teu canino afiado
que gravou em brasa para sempre
com este sinal sou tua

não nenhum resto de pureza
assim que descerrou os meus lábios
dardejando a tua língua poderosa
na minha enroscada em nó cego

como ser mocinha séria
depois de beijar todinho o teu corpo
com medo com gosto com vontade
de joelho descabelada mão posta
à sombra do cedro colosso do Líbano
mil escudos e troféus pendurados

é possível ser moça de família
se me sinto a rosa de Sarom
orvalhada da manhã
com um só toque do teu terceiro quirodáctilo?

Ai precioso amado querido
meu corpo tem memória e febre
meu puto me abrace me beije
sirva-se tire sangue me rasgue inteira
satisfaça a tua e a minha fome
finca o teu pendão estrelado
onde ele deve estar

oh não meu príncipe senhor da guerra
mocinha séria já não sou
me boline devagarinho
no uniforme de gala da normalista
atenção às luvas brancas de renda
me derrube na tua cama
de lado supina de bruços

me desnude diante do espelho
me arrume de pé dentro do armário
me ponha de quatro
me faça de carneirinha viciosa do bruto pastor
me violente sem dó com firmeza
só isso mais nada

sim bem-querido meu
sou putinha feita pra te servir
me abuse desfrute se refocile

quero sim apanhar de chicotinho
obedecer a ordens safadas
submissa a todos os teus caprichos
taras perversões fantasias
quais são? como são? onde são?

me diga como posso ir à igreja
de véu no rosto Bíblia na mão
se você afastou com dois dedos firmes e doces
o mar vermelho entre as minhas pernas
expondo à vista ao ataque frontal
meu corpinho ansioso e assustado
me estuprou me currou me crucificou?

quando separou os joelhos
abrindo as minhas coxas
um querubim fogoso
de delícias me cobriu
com sua terceira asa de sarça ardente

como ser moça ingênua
se antes sou uma grande vadia
o teu exército com fanfarras desfilando
na minha cidadela arrombada?

ai quero te dar até o que não tenho
amado meu santuário meu
quero ser a tua cadelinha mais gostosa
como nunca terá igual
serei vagabunda eu juro
todas as posições diferentes
todos os gemidos gritos palavrões
todas as preces atendidas

desfaleço de desejo por você só você
montar o teu corpo cândido e rubicundo
é galopar no céu
entre corcéis empinados relinchantes

vem ó princesa minha
depressa vem ó doce putinha
aos gritos fortes do rei que batem à porta
o meu coração se move

salta de um a outro lado do peito
já se derretem as minhas entranhas
o rosto do amor floresce neste copo dágua

eu sou tua você é meu
por você inteirinha me perco
quem fez de mim o que sou?

sim amado meu
sou virgem princesa concubina
égua troteadora no carro do Faraó
vento norte água-viva
sou rameira tua rampeira Sulamita
lírio-do-vale pomba branca
morrendinha de tanto bem-querer
até que sejamos um só corpo
um só amor
um só

Macho Não Ganha Flor

Olha que tarde gloriosa de sol. O vento belisca de leve a cortina do quarto. Lá fora uma corruíra canta alegrinha. No teu peito essa outra acorda e já responde.

Minha irmã e a mãe faziam compras. Afinal sozinha, a casa inteira para mim. De roupão, antes de entrar no banho, dava os últimos retoques diante do espelho.

De repente, com susto, senti que não estava só. Um cheiro no ar? Um estalido no soalho? Uma sombra no canto do olho?

Pronto! Aquela mão suada me tapou a boca. E a outra afogava o pescoço.

— Não grite! Nem um pio. Que eu te mato!

Me empurrou contra a parede. Abriu com violência o roupão.

— Oba!

Ai de mim, apenas calcinha e sutiã. Daí ele começou a fazer coisas.

Me beijou o rosto, o pescoço, um seio e outro. Ui, que nojo. Gemendo, se esfregava no meu corpo.

Todo vestido. Só abriu o zíper da calça.

— Faça tudo o que eu mandar. Bem quietinha.

Sem aliviar a mão esquerda no meu pescoço.

— Já matei uma. Não me custa apagar outra!

E arrancou o meu roupão. Tentei correr para a porta. Me sacudiu pelo cabelo e esfregou a cara na parede.

— Quer morrer, sua vadia?

Era o bafo podre da morte. O corpo não parava quieto, tanto que eu tremia. O coração me batia aos saltos no joelho.

Em desespero, chorava e soluçava baixinho. Tão assustada, nem me defendia. Sem força de erguer os braços.

Daí percebi que ele tentava, mas não conseguia. Acho que eu estava muito nervosa e chorando sem parar. Ele beijava e chupava ora um seio, ora outro. Me corria a mão-boba pelo corpo.

— Não sabe que deve lutar? Por que não se defende como as outras?

Ele que não sabia: essa carne, com fúria manuseada, já não era a minha. Para não enlouquecer, de tamanho horror, me desligara do próprio corpo. Aquele pobre objeto seminu pertencia a *outra*.

A minha querida boneca, ela sim a melhor amiga, chorando com olhinho de vidro ao meu lado — *e não eu, não eu* —, que era desfrutada pelo monstro.

Me xingava de piranha e cadela. Mandava eu calar a boca, assim ele não conseguia.

— Abra o olho. Não pisque. Feche o olho. Que porra. É o mesmo olho azul de minha mãe.

Daí eu pedi e supliquei. Em nome da santa mãezinha dele. Não me fizesse mal.

— Ela está me olhando com a tua cara!

Podia levar tudo de valor na casa. Pelo amor de Deus, me deixasse em paz. Era noiva e ia casar em três meses.

Ao falar que estava noiva ele assanhado começou tudo de novo.

— Aposto que é muito safadinha, né? Não transa com teu noivo? O que você faz com ele? Fala, sua vadia!

Ah, não fala? Que ficasse de joelho. Outra vez, de pé. Sentada. Deitada. De costas. Pernas fechadas. E abertas. Bem abertas.

E nada.

Cada vez mais irritado. E mais gago. A culpada era eu. Que só chorava. E só sabia tremer. Que porra.

— Não aprendeu nada? Não trepa com teu noivo? É boiola, por acaso?

Esse viadão, ele bem podia avisá-lo: eu era imprestável. Mais fria que uma puta velha. Se, ao menos, estivesse vestida. Gostava mesmo era de arrancar a tua roupa. Rebentar. Rasgar. Assim, quase nua, calcinha muito sem graça, não lhe agradava.

Disse que todas choram. Mas eu era a pior. Se a mulher soubesse a bruxa que fica, nunca mais chorava. Grande merda.

Chegou a mandar que botasse uma saia e blusa. Sapato de salto alto. Ou, melhor, um vestido. Vermelho, se tivesse.

Então olhou o relógio. E desistiu. Porra. E mais porra.

— Que tanto chora e treme e se desespera? O que tem de mais? Pensa que é a primeira? E a única? Nem é tão ruim assim. Algumas bem que gostam. Uma ruiva, quando eu saía, pediu que voltasse. E quis me dar uma rosa ou cravo, sei lá.

Ofendido e gaguejando.

— Mas eu avisei: "Macho não ganha flor."

Me olhou de soslaio.

— O que eu quero...

Enxugava a cara molhada de suor — e sem tirar o óculo escuro.

— ...vou lá e me sirvo.

Jogou a toalha num canto.

— Ah, se eu tivesse tempo. Porra. Já te ensinava o que é bom. Porra.

Uma hora tinha se passado. Uma hora que, no relógio parado da memória, se repetiria em mil horas inteiras de tortura e terror. E pelo resto da vida quantas vezes seria eu, indefesa no sonho, o pasto de tal bicho espumante de raiva?

Afinal ele parava de tentar. E fechou o zíper da calça.

Já não me olhava de frente. Acho que com vergonha, já pensou? Porque nada tinha conseguido.

— Agora te deixo aqui pelada.

Chutando o roupão debaixo da cama.

— Você desta vez se livrou.

Ressentido e com ódio.

— Só porque é uma vadia de olho azul. Como aquela outra.

Recolheu no chão a sua velha mochila.

— Senta aí na cama. Não se mexa daí. Até eu bater a porta. Senão eu volto. E será pior pra você. Ouviu, sua puta?

Foi catando na penteadeira o meu relógio de pulso, o celular, o cartão do banco. E, no estojinho azul de porcelana — ai, não —, até umas pobres joias que a avó deixou.

Antes de sair, espiou em volta.

— Me dá a calcinha.

Que desgracido.

Colheu a última peça. Macho não ganha flor. Se olhou demorado no espelho. Ainda surpreso e incrédulo, gaguejante.

— Que porra. Isso nunca me aconteceu!

Ajeitou o óculo escuro e o boné vermelho. Gostou do que viu. O que eu quero, vou lá e me sirvo.

E lá se foi.

Tremendo e chorando, me vesti todinha. Mas não deixei o quarto. Ali sentada, chorando e tremendo, até a volta de minha mãe.

Nunca mais ela esqueceu de fechar a porta. Com dois giros na chave.

Cada dia a gente notava a falta de algum objeto. Mas isso era o de menos.

Mudamos de bairro. Fiz tratamento com uma terapeuta. Tomei tranquilizante e antidepressivo. Dois a três comprimidos por dia, mas pouco adiantou.

Uma vez engoli um punhado deles. Não foi o bastante. Só dormi uma noite e um dia inteiro.

Na mesma cama, do olhinho de vidro escorrendo uma lágrima azul, essa boneca toda em cacos.

O noivo, que me adora, apoiou sem reserva. Ao meu lado no desespero e no horror. Não perdeu a esperança. E me salvou de mim mesma.

Seis meses depois, casamos.

Deve ser problema meu, sei lá. O nosso relacionamento não está dando certo.

O Vestido Vermelho

Amor,
Comprei um vestido novo. (Nada como quem trabalha!)
O tecido é tão fino, parece que estou sem roupa. O mesmo vermelho que, segundo você, realça o brancor da pele e o loiro do cabelo. Ombros nus até a saboneteira, com o decote no limiar do abismo — além do qual você não aprova.
E onde está você para apreciá-lo, com teus mil beijinhos no pescoço? Eu aqui linda, só para te agradar. (Calcinha rósea rendada e sutiã de taça, o que por ora não precisa saber.)
E você, nada? Já não me quer?
Não te emocionam as coxas mais frescas e lisas que o vestido? Já não te apetece sopesar na concha da mão o seio de biquinho ereto assim a ponta fina de

uma caneta Bic? Nem te comove a lua bochechuda da minha bundinha empinada? Nada te diz a concha nacarada de quatro pétalas?

Covarde! Ingrato! Soberbo!

Não sabe o que está perdendo.

Só me ver neste vestidinho faria você açular a fogosa matilha dos teus vícios mais perversos. E desmaiaria entre ais ao simples roçar do precioso tecido.

Já serpenteio o *strip* da Virgem Prometida ao Minotauro — e tudo mostro sem nada tirar. Requebrando no salto agulha, assim gostosa, frente e atrás, se você pedisse.

Mas não pede. Me esqueceu para sempre? Pra você já não existo?

Ai, tua mão trêmula em cada curva, já pensou? Um sobe e desce de avanços e recuos. O terceiro quirodáctilo que negaceia... E a delícia única de ouvir: *Ai, putinha, de você eu quero tudo! Você deixa, meu amor? Só pra mim, você deixa? Tudo?*

Daí me ponho de joelho e descerro o teu zíper com mais devoção que uma samaritana descalça. Isso mesmo: sou uma putinha pra você se servir. Em adoração, eu beijo dardejo lambo. E a-bo-ca-nho com toda a gentileza.

É o meu quindim de Tia Ló! E lambisco e mordisco tamanha doçura que já me arrepia lancinante o céu da boca.

A cabecinha entre os lábios, ao ritmo frenético da língua enlouquecida. Afinal todo o ferrão de fogo e mel, uai, a tua cimitarra do profeta inteirinha na boca — e pode não querer?

Chupo, amor, na frente do espelho, se pedir. Levanto um canto do vestido para você ver as nalgas rosáceas. Ou baixo o decote para vislumbrar as duas tetinhas, também elas de joelho, suplicantes por uma carícia furtiva. Ou ainda nua e descabelada, prontinha às tuas ordens, no falo felação faço.

Será que o meu senhor já não gosta?

Nem sequer a xotinha mais te excita? Monto lépida o ginete empinado, a tua cabritinha selvagem dos montes. Toda me contorço e revoluteio dando e roubando beijo e palavrão amoroso.

Nunca mais, seu puto, me fará gozar?

Ordene, que eu obedeço. Ficar de pé no armário, portas e pernas abertas? Ou rendida me ajeitar de quatro? Me ofereço sem reserva às tuas massagens erógenas do eunuco na odalisca preferida do Sultão — e você, indiferente, nem pisca?

Quero sentir os teus beijos pelo corpo me ungindo com o mais afrodisíaco dos óleos. Quero mordida doída na bundinha em flor. Do macho a gente espera fatal! o beijinho molhado e o tabefe ardido de mão aberta.

Mas onde está você, cego e surdo, que não responde?

Sem vontade de sodomizar esta cadelinha que te ama e tanto deseja? Eis-me aqui, à mercê dos teus caprichos e delírios.

E cadê você? Nem um pio.

Me lembrei que gostoso era você me abraçar pelas costas. O corpo bem juntinho ao meu. E, abrindo passagem na longa cabeleira, o beijinho na nuca. A pressa nenhuma. A mão no seio no seio no seio. De olho fechado para sentir melhor o amasso do corpo, o beijo na nuca.

E o beijo na boca. Choradinho. O toque da língua. A língua na língua, saboreando. A língua no dente. O dente no lábio. O gosto de sangue no beijo.

E lembro que você apreciava deslizar a mão viageira coluna abaixo. Uai, na bundinha. E ali ficar acima abaixo. Por cima da roupa, por baixo da roupa. Sobre a calcinha, debaixo dela. Ai, nem quero pensar. Era suor palpitação calafrio vertigem.

Às vezes guardava amoroso a dura duridana entre as bochechas: o seu santuário, a sua bainha sob medida. Um fogaréu de prazer. Todinha em chamas. Olha aqui — na branca pele a cicatriz perene do teu ferro em brasa.

E a flor selada se abrindo entre as coxas. Mar Vermelho, onde o cajado do meu puto Moisés?

Ah, como eu me lembro. E você, a memória perdida, sequer uma recordação?

Me faz cadela, seu viado, pelo amor de Deus!

Essa litania profana da vítima e cúmplice de tuas perversões — *deixa de ser pidonha, menina!* — não te alvoroça o apetite? Negue, se pode, que também me quer e bem se delicia. Quem não sabe que o meu amor é tarado por uma violação? Que só pensa em enfiar, meter, arrombar o meu corpo e currar a minha alminha.

Já rejeita o prêmio por tantos perseguido e por um só alcançado? E eu, aqui aos uivos, canina, o que fiz para não merecer o teu exército com bandeiras rompendo as minhas últimas defesas?

Venha, ó meu puto. Faça mais. Sim, faça tudo! Tudinho!

Morra de orgasmo múltiplo nos meus braços.

Diga que não é a suprema graça gozar no cuzinho. Todos os suspiros e gemidos e delírios. O coração aos gritos no meu cravo violáceo despetalado.

Tem coragem de afirmar que nessa hora já não levita entre os lençóis, sai rasante pela janela, flutua sobre os telhados da Praça Tiradentes?

Feliz de minzinha, engatada, lá vou eu — e lá vamos nós, xifópagos do amor, pisando as nuvens distraídos.

Nunca mais abraço cafuné mordida tapa amasso agarro beijo nó górdio de língua?

Deixa de ser bobo, homem!

Ao menos fala se gostou do vestido. (Sob ele, me quer de meia preta e liga roxa? Pronto! já me antecipei ao seu desejo.)

Dá um beijo na boca, poxa!

Não está vendo este seio, esta coxa, este requebro de bunda? E uma bundinha de moça, o que é? Você me diz: *A mais perfeita curva da esfera celeste!*

Feita pra pegar. Pra passar a mão-boba — ó delícia! ó suplício! Pra tatuar com a tua sarça ardente!

Já não sou eu, euzinha, o bastante para a tua fome?

E esta rosa de febre com a boquinha úmida que geme e grita o teu nome — você já não escuta?

Que fim levou a tua paixão de amor louco? Em que velho sapato se esconde a aranha-marrom do teu desejo?

Onde as chamas dessa luxúria que tudo incendiava à sua passagem? Que água apagou esse fogo? Que boi bebeu essa água? Que passarão colosso arrebatou esse boi?

Despida dos meus sete véus, rastejando, te ofereço na bandeja de Salomé o coração apunhalado da minha pombinha e a cabeça falante do meu amor.

Já não me quer, você? Tudo bem.

Basta que eu te olhe. Nem chego perto. Do outro lado da cama.

No deslumbrante vestidinho novo. Comprei com o meu dinheiro contado. Só pra ficar linda aos teus olhos.

E sem você, ó puto dos meus pecados — coberta de púrpura ou nua em pelo —, pra que ser linda?

Maldito vestido vermelho.

Pintou um Clima

Ali estava eu no posto de gasolina. Comprando cigarro e — por que não? — exibindo as prendas. Um senhor ao lado, que me olhava muito, ofereceu carona.

— Eu fico na Praça da Passarela. Lá, o meu ponto de trabalho. Pago dez paus por dia ao bofe da Lorena, que garante o lugar e dá proteção.

— É meu caminho. Vamos?

Quando ele falou, senti que tinha bebido umas e outras. Sempre assim: bebem para ter coragem. Esqueceu até de esconder a aliança.

Ele parou o carro ali perto. Tudo escuro. Ficamos conversando. Era separado e tinha sido infeliz com a esposa. De mulher não queria mais saber. São falsas e traidoras.

Olhou pra mim e se abriu num sorriso:

— Você é diferente.

Com a mão trêmula no meu joelho:

— Sabe que é uma pessoinha muito especial?

Daí pintou um clima. Ele:

— Quanto é o programa?

Com a voz rouca. Já querendo roubar um beijo. Eu falei:

— Rapidinho? Ou completo?

O cara estava tentado, mas não se decidia.

— O primeiro é dez reais. O segundo, trinta.

Ele pagou adiantado. Dez paus. O rapidinho foi feito.

Daí, já passando a mão, ele quis continuar. Eu avisei:

— O completo é trinta.

Fizemos o completo. Ele em mim. Eu nele. Trinta reais bem merecidos.

O rolo começou quando ele disse:

— Saí desprevenido. Dez era o que eu tinha.

— Essa não, cara. Não fica assim. Você é casado, que eu sei.

Nada de mostrar a carteira.

— Tem de pagar, velhinho. Senão, já viu. O meu amigo vai cobrar. Na tua casa!

Foi aí que se assustou. Pronto ofereceu o celular de garantia. E tornava em meia hora com o resto do dinheiro.

Eu aceitei o trato. Fui para a esquina da passarela. Lá estava a minha amiga Lorena. Esperei mais de uma hora. Era noite fria. O tipo não veio.

Caminhamos até a praça. Fizemos um lanche no barzinho. E voltei para a hospedaria, lá se foram os dez paus. A Lorena levou o celular para o cafifa vender. Ainda recomendei:

— Olha, menina. Espere até amanhã. Vai que o tio chega e paga.

Estava quase dormindo. Murro e pontapé na porta.

— Tina. Ei, Tina. Abra essa droga!

Era o tira que me prendeu. Entrou e já batendo com raiva.

— Ai, seu bruto. Na cara, não!

Ele passou a pulseira. Mais uns tabefes pela demora em abrir. E fui para o velho Distrito.

Quem estava lá? Mais bêbado ainda. O boiola que inventou: ameacei fazer escândalo. Ele me pegou pensando que era menina. E lhe dei uma gravata no carro. E afanei 180 reais. Mais o celular. Com a ajuda de minha amiga Lorena.

— Roubar, eu? O quê? Se esse aí nem tinha os trinta do programa. Ele quis completo.

Daí entraram com a Lorena. De olho roxo. A carinha borrada de lágrima e pintura. Invadiram o quarto, ai que vergonha, no meio de um programa. O tira, aos berros:

— Devolve o celular!

Ela não podia. Já na mão do cafifa.

— Ah, é? Traveca louca mais cadela.

Então apanhou para contar onde eu morava. Algemada e recolhida ao Distrito.

Tudo intriga desse tio nojento. Eu, que nunca respondi a processo. Já fui presa, é certo. No arrastão de rotina. Levam todas nós. Vem até micro-ônibus apanhar as garotas.

Diz o delegado que a gente faz sexo na rua. E usa droga pesada. Que é uma vergonha para as famílias. Essa parte não é com as gurias. E sim a bandidagem lá da Vila.

Daí você paga uma taxa. Passa a noite de pé no corredor — e o salto alto, já pensou? Às vezes, o carcereiro escolhe uma de nós. E serve-se. De manhã todo mundo é liberado. Assim, bonitão, a vida fácil das tuas meninas do prazer.

Filho Ingrato

Ele tem três filhas e um filho. Ao ficar viúvo, nenhuma das filhas, casada ou solteira, quer acolher o velho. No coração delas não há um quartinho para ele.

Internar num asilo o pai da gente é sempre chocante. Assim pensa o filho e, apiedado, consulta a esposa. Boa moça, concorda em recebê-lo: o velho é fofinho, bem-falante, barba toda branca.

E se revela boa companhia. O filho ocupado nos negócios ou jogando boliche, a moça e o velho entretidos em casa. Ele não se ergue da mesa sem elogiar o tempero dos pratos — e a branca mãozinha que os preparou. Ela passando roupa ou costurando, ele a diverti-la com suas mil histórias. Sabe fazê-la rir. E sabe mais: a arte de escutá-la preso aos seus lábios — o enlevo é tanto pelos lábios como pelas palavras. E tem todo o tempo do mundo.

Com a intimidade, recorda as suas aventuras amorosas. Embora entrado em anos, conserva toda a força do homem. Basta que a moça pense nos patriarcas da sua Bíblia — o famoso Lot, viúvo da estátua de sal. Ébrio de vinho e amor, consolado pelas filhas, primeiro uma, depois outra... Assim as jovens bem aliviaram as tristezas do santo velhinho.

Apesar da barba é moço, ele também. De corpo, alma e coração. Dorme pouco e mal: olhos abertos no escuro, visitado das lembranças de suas amiguinhas de jogos eróticos.

Cada vez mais ousado nos detalhes picantes, as insinuações de duplo sentido, que a confundem e — por que não? — deliciam. É verdade que se demora a espiá-la, embevecido. Ela percebe os longos olhares suplicantes às suas graças e prendas: os lábios carnudos, os seios saltitantes à vontade, sem sutiã.

Pode ser lisonjeiro — afinal um pobre velho inofensivo — porém embaraçoso e perturbador. Mais de uma noite se recolhe ao quarto, afogueada e trêmula. Uma calcinha rendada que sumiu, onde foi encontrá-la? Na gaveta do nosso velho, escondida sob as camisas.

Lidando nas tarefas domésticas, ela sente a cosquinha de dois olhos em brasa que lhe escorrem pela nuca.

Encontra-o vendo e revendo o álbum da família e adivinha, ó meu Deus, que a deseja desde menina — antes de conhecê-la! —, ali no vestido branco da primeira comunhão.

É paixão furiosa que envolve a casa, atravessa as paredes, persegue-a sob os lençóis. Surpreende-se admirando no espelho o próprio corpo cobiçado pelo velho. Bem suspeita que ele a fresta no banho pelo buraco da fechadura — e nada faz para encobri-la.

Ah, como era enervante aquela adoração silenciosa. Por que, de uma vez, erguendo-lhe a blusa, não esgueirava ele a mão trêmula...

Até que um dia, louco amor ou luxúria senil, o velho se transfigura.

Mal o filho sai, ele já se insinua com a moça. Se está costurando, ele senta-se ao lado, pousa-lhe de leve a mão na coxa — esse gemido de prazer é da mão ou da coxa? Cozinhando ou lavando roupa, ele se chega por trás e — sem encostar nela — respira forte o perfume da negra cabeleira: o passeio de duas patinhas furtivas arrepia o seu pescoço nu.

Bem que ela se defende, escandalizada. Afasta-o com as mãos e gritos abafados — que os vizinhos não escutem.

Envergonha-se de contar ao marido o assédio do pai. O rapaz é violento, uma tragédia na família, já pensou? O velho não se emenda, sempre mais audacioso. Ela ameaça denunciá-lo, se não aprende a respeitá-la.

E sabe o que responde? Pode contar. Ele dirá ao filho quem se oferece é ela. Ao sentar-se, ergue a barra da saia até a coxa — só para provocá-lo. E nele esfrega os joelhos debaixo da toalha.

Confusa, não sabe o que fazer. A perdição do velho, tão suplicante e faminto de carinhos, bem que a aflige e comove. O amor, essa coisa, sabe como é. Por vezes acha que demora a desviar-lhe a mão. Culpada se não cúmplice? Sem falar dos sonhos insistentes com um patriarca de longa barba branca.

Os seus avanços cada dia mais atrevidos — e se ela de repente, oh, não, um instante de fraqueza ou piedade... A salvação é tudo revelar ao marido:

— Agora é com você. Decida quem sai desta casa. Ele ou eu!

Indignado e furioso, o rapaz convida o pai a um passeio de carro. Sem aviso nem explicação, deixa-o no primeiro asilo de velhos: a única malinha já arrumada. Volta sozinho para casa. Evita o escândalo, a ninguém esclarece o motivo de sua decisão.

Desde esse dia execrado pelos parentes e vizinhos. Exemplo do ingrato, desnaturado, bastardo sem coração. A gente cria os filhos com tanto amor e depois...

A pobre moça livrou-se afinal do velho, mas não dos sonhos — desta vez nem uma palavra ao marido. Neles, o sogro a envolve por trás, beija-lhe suavemente a nuca.

Ou atira-a com violência na cama. E cobre-a (terceira filha de Lot) na sua longa barba branca.

Tudo Bem, Querido

Ah, é? Você me liga: *Oi, tudo bem? Estou terminando. Entre nós, sim, tudo acabou. Lindo enquanto durou. Agora acabado. Para sempre. Espero que sejamos amigos.* Que história é essa, cara? Acabou, pô nenhuma. Um longo ano de paixão e loucura, de repente oi, tudo bem, o fim de tudo?

Pra mim nada acabou, ô louca. Só do teu pouco juízo para ser tão cruel. Ingrata e desgracida. Oco no peito, ninho de peludas viúvas-negras. Ainda ontem, nua e perdida nos meus braços, o teu grande, eterno, único amor. E hoje: *Oi, querido, tudo acabou.* Corta essa, cara. Dó não sabe o que é? Em perdão nunca ouviu falar? Nem aviso nem nada — *é o fim, tudo acabou* —, o coração esfolado vivo com navalha sem fio. O amor doido de um ano não se acaba com um tiro na nuca.

Na hora fui machão. "Tudo bem, se é o que você quer. Claro, ainda amigos, seja feliz." Assim que você desliga, mãezinha do céu, o olho cegou, a língua enrolou, a perna falhou, o meu nome esqueci. Que tudo bem, que nada. Pô nenhuma. Aqui estou plantado de quatro, ganindo para a lua vermelha dos amantes desprezados. Nada acabou, meu amor que era grande ficou maior, transborda do meu peito, sai pela janela, explode a cidade em sarças ardentes, uivos de dor, borboletas amarelas.

Durão, sim, às duas de uma tarde de sol. Nunquinha que às três da noite escura da alma, eu, a última das baratas leprosas. Agonizante na velha cama, o colchão furadinho de agulhas de gelo, o travesseiro de penas e brasas vivas. Única imagem: você perdida e nua nos meus braços. Única ideia: nua e perdida você nos braços de outro. Atropelo uma prece entre berros do ódio que espuma. E o maldito pernilongo da insônia, *oi, querido, tudo bem?* Me enfiando a faca no coração ainda me chama querido. No peito, não, revolve a ponta fininha nas costas, assim dói mais.

Tudo bem, uma merda. Tudo mal, nunca esteve pior, desde a hora do famoso recado. Assim acaba o amor jurado de um ano inteirinho? De um telefone público, entre zumbidos e vozes, *desculpa, querido, não posso falar, tem gente esperando*. Nem a consideração do falso olho azul na cara. E se caio duro e mortinho, ao ouvir a sentença de morte? Te dispensava assistir à execução, o tiro de misericórdia na nuca. Misericórdia, pô nenhuma. Sabe lá o que é, cara?

Egoísta e pérfida, só uma bandida capaz de *oi, tudo bem* (e, no mesmo fôlego, decerto sorrindo o tempo inteiro), *tudo acabou, querido, é o fim, não me procure mais, se me vir na rua* (nos braços de outro?) *finja nunca me conheceu, assim a gente não sofre.* Não sofre, a gente, pô? Fale por você, sua cadela. E a mão suada e fria? a língua no sal? o vidro moído nas entranhas? a tremedeira no pé torto? Aqui estava numa boa, de repente o bruto murro na cara, espirra olho, sangue do nariz, caco de dente — e *tudo bem, querido?*

Minha fonte única da alegria agora de todas as dores e aflições? Você meu cálice de vinagre e fel, a broinha de cinza fria? Dá um tempo, ô cara. Isso não se faz. Não é assim que um amor acaba. Com o tiro na nuca, a volta do parafuso nas costas, o soco na cara.

Machão, eu? O mais reles dos ratos piolhentos do amor. Sem honra nem palavra, por mim não respondo, todo me ofereço à vergonha e humilhação. Lembra da aranha? Você cortou com a tesoura as oito patas — cada uma ainda quis andar sozinha... E se distraiu a vê-la desfiar do ventre o recheio verde. Essa aranha roxa, ali no piso branco, sou eu. Mudo me retorcendo de tanta dor. Deliciada, eu sem braço nem perna, debaixo do teu sapatinho prateado? O meu desespero goze à vontade. Tudo menos *oi, querido, acabou o nosso caso.*

Pô que acabou. E eu, ô cara? Sem você, o que será de mim, já pensou? Não tem peninha? Eu morro, sua puta. Por você eu grito três dias sem parar. Me dá um tempo. Qual é a tua, cara? Como pode, até ontem me amava e hoje tudo acabado? E os teus bilhetes de juras eternas, as letras borradas de fingidas lágrimas? A isso chama de amor? Me beija na boca e no mesmo suspiro me acerta o ferrão de fogo. Tudo eu aceito, só não me deixe. Aqui na maior desgraça, não ouve meu soluço e rasgar de dentes? Me dá um tempo, cara. Um mês, uma semana, um diazinho só. Já não me quer? Tudo bem. Basta que eu te olhe, nem chego perto, do outro lado da mesa. Cafetina de corações solitários. Ó estripadora de alminhas líricas. Vendo o teu desprezo pode ser que ganhe coragem e força. Com as mãos arranco o próprio coração pelas costas.

Meus ossos já se desmancham, deixo cair o garfo e a xícara, puxo da perna esquerda. Me repito, eu? Pudera, no ouvido esse bando de baitacas gritando sangue, me acuda, inferno, eu morro. Dá um tempo, cara. Não assim, não para sempre: o fim do mundo às duas e quinze da tarde. Em vez da trombeta e a explosão, uma voz alegre no telefone público. *Tudo bem, sinto muito, desculpa e obrigadinha.*

Sente muito, você, a maior das assassinas? Tudo bem, pô nenhuma. Não tem obrigadinha. Não tem desculpa. Quero você inteirinha de volta. Orgulho já não tenho. Merda para o orgulho. A paz dos cabelos brancos, até essa me deixou. Entre você e o amor-próprio, escolho você. Entre a dignidade e a abjeção com você, prefiro a abjeção. Só peço último encontro, duas palavrinhas. Por você eu morro todo dia. Pelo teu amor sou morto a cada hora. Deixa te ver, sua maldita, uma vezinha só. Ai, por favor. Minha santinha querida. Por favor.

Cantiquinho

no inverno da vida
o último veranico de maio
tua lembrança
uma brasa viva na mão fechada
não folhinha tenra
talo crocante de agrião
tua cabeça é a torre do templo
no alto da Rua do Rosário
no teu olho esquerdo
o arrulho da pomba que negaceia
alameda de plátanos
juncada de folhas roxas
no olho direito
um pavão abre a cauda farfalhante
e incendeia o amarelo no cacho do ipê
teu nariz é o ponteiro único
no relógio de sol da Praça Tiradentes

na voz a cantiga de roda
das menininhas no fim de tarde
teu peitinho as metades gêmeas
do pêssego salta-caroço
no teu umbigo
provo água fresquinha da moringa de barro
nas voltas de tuas coxas
meus beijos se perdem caminho de casa
no manso lago o voo da pedra
que espirra sete sardinhas
comichão furtiva
no terceiro dedinho do pé esquerdo
floreio da colinha do pardal
ao bicar a pitanga madura
após a ducha quente
o frio jato que todinho te arrepia
na noite de insônia
o canto do sabiá que alumia o sol
macieira florida
caminhando sobre as águas
tanto braço aberto
ressoante de abelha
formidável

como a bandinha do Exército de Salvação
nuvem de fogo
dentinho mordedor
nalga rosácea
elegia de Rilke
girassol de Van Gogh
o fluxo das marés
sujeito ao sopro de tua narina
peticinha arisca
salta fagulha das pedras
gargarejo de água esperta e sal
alivia a dor de garganta
coração da alcachofra
no molho vinagrete
da chuva no asfalto bulindo mil asas
de borboletas brancas
hino à alegria
na surdez do velho Beethoven
o conto "Lições Caras" de Tchecov
o som de uma só mão
que bate palmas
teu espirro acende o olho saltitante
dos vaga-lumes

cada um lá no escuro
pisca o teu nome
sozinha bem mais que as setecentas princesas
e trezentas concubinas de Salomão
as muitas águas do Rio Belém
afogar não podem este amor
depois do segundo quindim
a cosquinha lancinante no céu da boca
eterno piolhinho
que todo periquito cata debaixo da asa
esse mesmo dedo amputado
que se ergue e te aponta

Tio Beto

Depois do que aconteceu, minha mãe mudou de bairro. Agora estudo na Escola Bom Menino. Pertinho aqui de casa. Só ir direto, a mãe quem leva, uns dez minutos a pé. Saio às sete e meia, a aula começa às oito.

No sábado vou à igreja. Domingo sozinha no quarto bobeio à toa.

Já estudei, sim, numa escola que eu ia de *van*. Todo dia, menos sábado e domingo. Era a primeira a entrar e a terceira a descer em casa. Quando eu ficava, tinha ainda umas dez meninas na *van*.

O motorista era o Tio Beto. Ele saía de uma casa pra outra. Na ida e na volta. Até que passou a deixar todas as meninas primeiro. Eu fiquei por último. Sozinha com ele.

Daí falou:

— Vou dar um pulinho ali.

Até uma ruazinha meio escondida no mato. Sem nenhuma casa por perto. Parou, saiu e foi atrás da *van*. Não podia ver o que estava fazendo. Só eu lá dentro. E fiquei um tantinho assustada. Então voltou, a cara vermelha, e me deixou em casa.

Meu lugar era bem no fundo. Depois que todas as meninas desciam, mandava eu mudar pro primeiro banco. Ali perto dele. Me olhando o tempo todo pelo espelho. Eu ia pra frente com medo de alguma coisa ruim escondida lá atrás.

Assim que eu sentava no primeiro banco, ele passava a mão em mim. Pelo cabelo. O pescoço. O peitinho. Eu não sabia o que era, mas não gostava. Tinha medo do olhar dele no espelho. E tirava a mão. O tio voltava com a mão. E cada vez eu tirava.

Depois foi baixando a mão. E pegava aqui. Fazia isso todo dia. Sempre. Todo dia me deixava por último. E fazia isso. Bem assim.

Às vezes a mulher dele, gorda de chinelo e dentinho de ouro, estava junto para abrir e fechar a porta. Daí o tio não fazia nada.

Senão deixava todas as meninas. Era volta pra lá, volta pra cá. A última sempre eu. Assim ficava sozinha com ele. E fazia isso.

Ou falava pra pegar na mão dele. Era pra segurar a mão peluda dele.

— Veja como ela treme...

Dirigia a *van* com a mão esquerda. Desabotoava a calça. E mandava eu espiar. Mas não sou boba e fechava meio olho. Acho que o tio queria que visse o pipiu dele.

Nessa hora é que dava mais susto. A voz ficava rouca. O olhão verde enchia todo o espelho. Pela careta medonha até parecia uma cólica daqueles dias na minha mãe.

Uma vez, sim. Eu me lembro. Botou os cinco dedos por baixo da minha roupa. Aí pegou a minha mão. E pôs dentro da calça dele. Foi nessa vez que me machucou. E machucou tanto, que doía.

Daí eu cheguei em casa. Joguei numa cadeira a bruta mochila. Caí no choro.

— Você vai brigar comigo, mãezinha?

Antes de eu contar, ela já ficou muito nervosa. Andava pela sala. Estalando, um por um, o nó dos dedos.

— Diga, mãezinha, que não briga comigo.

— Por que brigar, filha, se você não fez nada errado?

E vendo o meu rostinho molhado.

— Ou será que fez?

Bem disso tinha receio. Achasse que a culpada era eu. Daí tudinho contei. Que todo dia o Tio Beto me passava a mão.

— E por que não falou?

Disse que sentia muito medo dele.

— E não se defendeu por quê?

Cada vez que ele punha a mão, logo eu tirava. Só que tinha mais força. E voltava com aqueles dedos curtos e grossos. E desciam pelo meu corpo. E duas vezes chegaram até o meio das pernas. Assim. Dentro da calcinha. Lá.

Aí parei. E olhei pra ela.

— Confie em mim, filhinha. Não vou te castigar nem nada. Pode falar.

Então contei. Tudinho. Que ele botava a mão primeiro fora da calcinha — e bulia, bulia. Não sei como não rasgou. E depois dentro da calcinha. Até que eu gritei:

— Ai! Ai!

O tio se assustou.

— Por que gritou *Ai! Ai!*?

Eu disse:

— Porque está doendo.

Daí ele parou.

De querer pôr o dedo dentro aconteceu duas vezes. O tempo todo falando que eu era bonitinha. Bem crescida para oito aninhos. Só pensava em mim. Me ver nuinha. Ia casar comigo. Mas ninguém podia saber.

— Ouviu, anjo? Ninguém!

Eu, euzinha morria de pavor. Do que era capaz. Cortar em sete pedacinhos a triste de mim? jogar pras piranhas dentuças do Rio Belém? enterrar viva e de olho bem aberto no canteiro de rosas amarelas?

E a mãe decerto achava tudo culpa de quem? Não sou eu, logo eu, a errada sempre?

Perguntei a uma amiguinha o que eu devia. Contar? mesmo que o tio botasse fogo na *van* com todas as meninas lá dentro, ou me calar? Por ela, falava assim que chegasse em casa.

E foi o que fiz.

— Mas por que, filhinha? Por que não se queixou antes?

Então ela não via que eu andava bem nervosa? Roía a unha. Perdida sempre nos cantos. Tipo muda. E qualquer coisinha eu chorava. Só ela não via?

Na mesma hora a mãe me levou ao médico.

Ele foi espiar. Ficou só meio avermelhado. Mas estava tudo bem.

Voltamos para casa. Ela correu pro telefone. E botou a boca no Tio Beto:

— O que você fez, seu bandido? Com a minha filha?

Ela contou que o tio só dizia:

— Calma. Calma, senhora. Por favor. Se acalme que eu explico.

Mas não explicava. E a mãe, aos berros:

— Seu isso. Seu aquilo. Ah, se o João estivesse aqui... Você era um homem morto!

Ele não se defendeu nem nada. Ficou bem quieto. Era só:

— Calma. Por favor. Calma, senhora.

Minha mãe deu queixa na polícia e no colégio. Depois não sei o que aconteceu com ele. Nem me interessa.

Mudamos de bairro. E agora estou na nova escola. Já conheci duas amiguinhas bem queridas.

Domingo, se a mãe não estalar tanto os dedos, vamos ao parquinho. Só nós três.

A Festa É Você

Naquele dia o tio ligou lá para casa. Eu atendi e, pela voz, sabia quem era. Disfarcei a minha:
— Número errado.
— Ei, Edu. É você mesmo.
— Sou, não. Aqui não tem nenhum Edu.
— Pensa que não conheço a tua voz? É você, menino.
— O senhor está enganado.
— Hoje dou uma festinha aqui em casa. E quero que você venha.
— Não sou quem o senhor pensa.

E desliguei. Mas ele não se convencia. Tanto chamou, que minha mãe atendeu. Disse que eu não estava, inútil insistir.

Daí o tio apareceu lá em casa. Já tinha ido de visita umas dez vezes. Tomava café com a minha mãe e os meus irmãos. Foi me buscar para a tal festinha, e como dizer não?

Só que cheguei lá e não tinha festa nenhuma.

— Menino bobo... A minha festa é você!

A gente se conheceu em outubro na Boate Cats. Na mesma noite me ofereceu um pacotinho de pó e três bolinhas para usar com bebida — e do último trampolim me atirei de cabeça lá na piscina sem água.

Daí comecei a frequentar a casa dele, onde cheirava pó e queimava pedra. Me deu umas balas chamadas êxtase — uai, nem te conto, cara!

Foi assim que me iniciou nas drogas. Me viciou e depois me usou.

Naquela noite, de tanto pó, bolinha e bebida, eu apaguei. O tio me deitou na cama dele. Acho que continuou a festa sozinho.

De repente ele me acordou. Descobri que eu estava nu. O tipo, bem doidão, de olho vermelho. Querendo fazer sexo. E, primeira vez, eu de mulher. Ainda meio abobado, ri na cara dele. Uma bicha velha mais louca daquelas.

Só que o tio ficou nervoso e veio pra cima de mim. Querendo me agarrar à força.

Então começamos a lutar. Ele era alto e forte. Eu, mais moço e ligeiro. Batendo um no outro, rolamos pelo quarto. Fugi para a cozinha, ele me perseguiu. Eu estava muito dopado. Não lembro direito o que aconteceu.

Sei que alcançou uma faca ali na mesa. E me feriu várias vezes. Eu sangrava pelas mãos, braços e o corpo inteiro. No desespero de me salvar, arranquei dele o punhal.

Daí só lembro de estar me vestindo — os dedos lambuzados de mel vermelho. Fui pegar o carro dele. Muito fraco, sacudido de tremores, com medo. Eu moro na Vila e nem tinha dinheiro pro ônibus.

Trouxe ainda as roupas que o tio me deu. Mais o aparelho de som, a tevê e o DVD. Era tudo presente. Falava que ia me levar nas lojas para comprar roupa nova. Só que nunca levou.

Por muito favor, me buscava lá em casa nos fins de semana. Passear no Parque Barigui. E, às vezes, uma fugida até a praia.

Não lembro se dei umas facadas. Sabe lá o que é estar chapadão? Deve ter sido uma sangueira. Minha e dele. Cheguei em casa com a sola do pé grossa de sangue coalhado.

Umas duas ou três facadas? Sei lá. O quê? Treze?! Então não fui eu. Ele pegava e falava que ia me arrumar um emprego. Além de pagar curso de inglês e computação — e pagou pra você? Nem pra mim. Isso aí. Eu conheci o tio lá por outubro. Acho que tinha uns quarenta ou cinquenta anos. Não sei a profissão dele. Nem onde trabalhava. Só dizia que era doutor e bem de vida.

Tinha um álbum com fotos de garotos nus. Embaixo de cada um, florinhas em volta, a nota de 1 a 10. A minha era 8 (só 8? que desgracido).

Assim levava muito menino na conversa. Ao menos, a mim levou. Fui usado desde o primeiro dia. Primeiro viciava com droga e bebida. Depois se servia. E chafurdava, o porco.

Me deu pó, cheirei. Me deu pedra, queimei. Me deu êxtase, pirei.

Só lembro, enquanto a gente lutava, das pegadas de sangue vivo no piso branco lá da cozinha.

Foi um grande apagão. Tudo aconteceu no meio desse nevoeiro tão grosso que eu podia riscar com a unha. A faísca de punhais aqui e ali. Era eu aquele garoto nu e perdido? Me debatendo, aos gritos, e arrastado para o fundo do negro remoinho?

Decerto que me arrependo. Mas o culpado, me diga. O tio não é o culpado de tudo? Se não inventasse a tal festinha. Falou até com a minha mãe. Foi me buscar lá em casa.

E estava de olho no meu irmão menor.

Prova de Redação

Ai, doutor João, estou tão emocionada em lhe escrever. Nem pensei tivesse coragem. Uma colega minha me contou e fiquei muito interessada. Quem sabe? Já fiz dezesseis aninhos. Não sou virgem. Sempre tive namorado, um deles quis noivar a todo custo. Eu, hein! Lá sou boba.
Posso gazear a última aula. É prova de Redação, que eu detesto. Vou mesmo com o uniforme da escola (parece que o doutor assim prefere): blusa branca, saia curta azul e a meia até o joelho. Já tenho peitinho, mas não uso sutiã.
Minha colega (não posso dizer o nome) me contou como é. Que o doutor conversa uns cinco minutos. Muita palavra com inicial maiúscula e ponto de exclamação. Pudera, não fosse da célebre Academia de Letras!

Em seguida encosta a gente de pé contra a parede. Desliza o dedo pelo rosto. Em volta dos lábios. De leve na ponta da língua. Sem querer, ela (eu) chupa gostoso esse dedinho gorducho.

Então o doutor beija na boca. De olho aberto. Pede que a gente dê a língua. Chega a morder com força. Aqui tenho de lhe avisar (ou *avisá-lo*? sou meio fraca em gramática): não posso chegar em casa com marca nenhuma! Minha mãe é da igreja pentecostal (eu também). Ela fica sempre espiando o meu corpo, se nota alguma diferença.

Aí o doutor abre devagarinho os botões da blusa. Em cada um, elogia — com palavrão de espanto — o que vai descobrindo. Segundo botão, mais espanto. E outro palavrão... Puxa, nome feio eu não conheço mais de dois. E tem sete botões o uniforme!

Daí o peitinho fica bem duro na sua boca. E a gente começa a gemer nem sabe por quê. Diz ela que o doutor alisa as coxas, que pronto se arrepiam. E sobre a calcinha — lá mesmo. Em resposta, ai, os teus? ai, os meus? lábios já vertem duas gotinhas de prazer... Mamãe!

Por falar em mãe, já pensou? Ela abre a porta e me vê:

blusa? meio aberta!

saia? meio erguida!

calcinha? meio abaixada!

SOCORRO!

Nessa hora, se bem entendi, o doutor exibe o que chama de Memorial de Curitiba, com troféus e escudos pendurados. E manda pegar — ui, que medo! Tão quente que é, a mãozinha dela tremia. O senhor vai querer que eu pegue também?

Diz minha colega que a gente obedece. Envolve e segura, cuidado! sem massagear. Daí sente na palma da mão — como é mesmo? — as vibrações e ondas do carrilhão de Quasímodo tinindo por sua Esmeralda, uai. Isso com os peitinhos à mostra e de boquinha aberta. Para os mil e um beijos... Beijos? não. Ah, já lembrei... Mil e um ósculos de ninfeta libertina!

De repente o doutor me empurra (eu? ela?) de cara contra a parede. Ergue a saia e bota o Ponteiro do Relógio de Sol (tem um lá na Praça Tiradentes, isso que é falar bonito!) dentro da calcinha entre as bochechas (ai, lindas bochechas minhas, bem redondas, assim empinadas).

Agarra com fome um seio em cada mão. Chama ela? eu? de cadela e putinha. Vira a gente de novo e, sem aviso, epa! dá uma tapona estalada na cara.

Manda ficar de joelho e beijar e... Chupar, doutor, eu sei. Bem direitinho. Só tem que cuidar com a bofetada. Se a minha mãe ver (ou será *vir*? acho que faltei essa aula), ela me mata! O senhor tem que bater por cima da cabeleira (sim, loira natural, se quer saber).

Minha amiga diz que o doutor faz a gente pôr na boca o pau inteiro. Daí fala sacanagem (não tenho coragem de repetir) enquanto eu? ela? obedece. Depois tem de ficar de pé, descer a calcinha, bem degava... devagarinho. Rebolar a bundinha e aí se masturbar na sua frente.

Nunca me masturbei na frente de ninguém. Isso eu não sei se vou conseguir. Parece que o doutor manda deitar na cama, erguer a saia, abrir as pernas. Afastar os grandes lábios e tintilar (ou é *titilar*?) gentilmente um? dois? dedos na... concha rósea bivalve (assim que se escreve?). Só de pensar, o meu botãozinho fica todo babado.

Quando a gente pede pra morrer, o doutor oferece a pica bem dura, que ela? eu? abocanha e goza, de olhinho fechado.

— Ei, sua putinha! Assim, não. Olhe para mim!

Eu abro e olho, o Carro de Guerra do Faraó todinho na boca. Ai, que vergonha. Que tremedeira. E gozo. E me reviro pelo avesso: ó gritaria na alma!

Daí mete na xota molhadinha. A tua penugem dourada é, para o doutor, uma coroa de louros enfeitando a cabeça do caralho. Começa a judiar caprichado e gostoso. Falando bobagem com voz baixa e rouca:

— Vou foder essa vadia do colegial. Vou te currar todinha. Frente e atrás. Cabeça pra baixo. Te abrir pelo meio. Violar teus nove buraquinhos, sua piranha de Jesus!

Mesmo que não queira, você goza de novo em dois minutos. Tua xotinha de puro delírio morde com os dentinhos o pau colosso. E você? ela? eu? só diz ai, ai, ai.

Minha colega preveniu que nessa hora não posso fraquejar. O quê? Mais? O doutor ainda quer mais?!

— Só comer o cuzinho.

Ai, doutor, do cuzinho eu sou virgem. Por favor. Tenha peninha de mim. Perguntei a ela se doía. Disse que sim, porém uma dorzinha gostosa — o prazer mais forte que a dor. Isso eu não entendi.

Primeiro fiquei com medo. Falei que podia visitar o doutor. Só que o rabinho eu não dava. Se era para não dar, ela respondeu, melhor nem ir. Mas quero ir, doutor. E se for mesmo preciso, então eu dou. Ai de minzinha, tenho um medo danado!

Bota ela? eu? de quatro e vem por cima. O Vampirão de Sodoma. João o Estripador de mortes delicadas. E celebra:

— Ó bunda bundinha bundona! Ó recheio de mel, conhaque e trufa de que é feito o meu sonho!

Daí manda a gente rodopiar, sem perder o contato.

— Ai, dunas movediças... ai, remoinhos de delícias... ai, pirâmides calipígias em marcha...

À medida que você rebola, a Vara de Brasa Viva que separou as águas do Mar Vermelho (esse doutor tem cada uma!) se insinua de mansinho na tua fonte selada. E você começa a ver e ouvir mil estrelinhas de todas as cores. Não no céu. Dentro da gente, tipo os fogos de artifício do Ano-Novo.

E o doutor, que é poeta romântico, fica todo inspirado. Fala igual uma arara bêbada no Passeio Público:
— Tá ouvindo, sua diabinha? O choro da maviosa Flauta Doce? É o que você bem queria, né? Diga sim. Sim. Gosta, sim. Dar o cu. Fala, vulgívaga. Já rebento as sete pregas desse rabinho. Até você gritar. Ai, como é bom. Engatar a minha pica todinha no teu cu.
— ...
— Ó boquinha redonda de medusa, morde com força. Estrangula sem dó. Me engole todinho no teu sumidouro.
— ?
— Abre as pálpebras do olho único de Polifemo e recebe a estaca em fogo do belo forte impávido Ulisses.
— !
— Assim, galopa, assim. Bem gostosa na cabeça do meu pau. Messalina de calçada. Rameira rampeira. Sua cadela. Isso que você é. Tá se deliciando? Ai, mãezinha. Ai, me acuda. Tô gozando no meu cuzinho de virgem louca!
Puxa, o doutor, hein! Quem diria. Nem sabe que o meu (o dele!) rabinho não para de piscar. Fremente, os lábios suculentos, chorandinho: Mais, mais, mais.

— Agora, diabinha, vai subir ao céu. Escute a trombeta. Veja o querubim. A luz na escada. Os raios. O carro de fogo!

E ela? eu? geme e grita e goza, erguendo os braços bem alto. Ai, ai, ai. E com a pontinha do dedo roça na asa do arcanjo que passa.

Ela explicou ainda que o doutor aprecia, enquanto fala, dar umas palmadas ardidas na bundinha da gente. Fica até a marca dos dedos. (Legal. Sabe que de apanhar eu gosto?)

E também das pequenas dentadas nas bochechas... Tudo bem. Na bundinha não tem problema. Lá minha mãe nunca vai ver. Então pode bater e mordiscar à vontade.

E manda que eu? ela? diga palavra porca. Eu digo e repito o que o doutor ensinar. Faço tudo o que pedir. Sou aluna muito aplicada (um pouquinho menos em Redação).

Por último ela falou de... nuazinha ali no espelho.. luva rosa-choque... meia de seda preta e liga roxa — *numa perna só?* Eu, hein!

Tocar a campainha e fingir que é vendedora de enciclopédia a prestação?

Vestir saiote plissado branco de tenista e rebater a bola invisível, expondo uma nesga da calcinha que beija o pompom em flor?

Ficar de pé no armário, portas e pernas bem abertas?

Não entendi. Mas estou de acordo. Tudo eu faço. Quando é que posso ir?

Você É Virgem?

— Eu vou com o José colocar as cortinas. Em uma hora estamos de volta.
 Já na porta, a última recomendação:
— Cuide bem da loja, minha filha. E fique com Deus.
 Ia tranquila, era menina de confiança. Crescida para a idade — só quinze aninhos. Saudável, linda de rosto e corpo.
 Passados alguns minutos, abriu a porta um moço de camisa cinza, *jeans* desbotado e tênis. Sorridente, muito gentil. Apalpou vários tecidos e indagou preços. Por fim pediu um cartão da loja. A mocinha solícita e feliz de sozinha atender um cliente. Logo na segunda-feira, nove da manhã.
 Voz rouca, ele gaguejava, tanto que às vezes não o entendia. Um tipo nervoso e desconfiado. Mesmo ali dentro, não tirou o óculo escuro nem o boné ver-

melho, escondendo o rosto. Já de saída, pediu para ir ao banheiro.

A menina seguiu na frente, da loja para o ateliê com a grande mesa de fitas, retalhos, tesouras, mil apetrechos. Ao indicar a porta do banheiro, sentiu nas costas a ponta fina e fria.

— Quietinha. Nem um pio. É um assalto.

O joelho fraquejou, o olho escurecia, o pequeno coração disparava.

— Não se vire. Onde está o dinheiro?

— Não tem dinheiro.

— Como que não, sua mentirosa?

— O senhor é o primeiro cliente.

Mais nervoso, mais gago ficava. Agora de frente, o punhal tremia de leve na mão.

— Onde está o patrão?

— Ela foi entregar uma cortina. Já chega de volta.

— Onde ela mora?

— Aqui mesmo. No sobrado.

— E você? Mora longe?

— Com ela. É minha mãe.

Ali de perto, notou o dentinho de ouro. Sentia o ranço de bebida e droga.

— Não tem vale-transporte?

— Não preciso.

Mal entendia as perguntas, ele tinha de repetir. Ainda mais raivoso.

— E a tua bolsa, onde está?

— Ali na cadeira.

Ele despejou a bolsa na mesa: batom, espelhinho, escova, presilha, o retrato 3 x 4 de um garoto e uns trocados.

— Só isso?

— Só.

Assim mesmo recolheu as poucas moedinhas. Sempre atento na porta da frente. Ficou olhando-a, indeciso. Morenão, cheio de rosto, menor que ela.

— Se você mentiu...

— Eu juro. Por Deus.

De repente a empurrou e fechou no banheiro. Ela o escutava revirando as gavetas e vasculhando a loja Chaveou a porta da frente.

De volta ao banheiro:

— Tire a roupa.

— Não tiro. Isso, não

— Não vou fazer nada.

Na dúvida, ela não obedecia

— Já estou indo. Pra ter certeza que não foge. Furioso e impaciente, espetou-lhe na cintura o punhalzinho afiado. A menina, tadinha, fazer o quê?

— Tire o sutiã.

Ela não queria. Acabou tirando.

— Agora a calcinha.

— Mas...

— Não tem mas. E depressa.

Assim que a viu desnuda, demorou-se a olhá-la. E mudou de ideia. Correu-lhe a mão suada e fria pelo corpinho arrepiado. Quis beijá-la, era demais: o horror daquela boca — ai, que nojo! — lambendo, chupando, mordendo.

Ao menor gesto de recusa ou defesa, cutucava-a com o maldito punhal. O banheiro era apertado. Então puxou-a para fora, de pé ao lado da mesa. Olhava ao redor. E trocou o punhal por uma tesoura:

— Fique de joelho.

Ela não ficou.

— Se não obedece...

E riscando uma cruz na bochecha.

— ...já te furo o olho.

Pronto, ela fechava o olhinho choroso.

— E te corto o rosto. Quer ver, sua...?

Daí a menina se ajoelhou. E, sempre com a ameaça da tesoura, fez tudo o que mandava.

Ele só baixou a calça. Sem tirar o boné nem o óculo escuro. Gaguejando bobagem e porcaria. Xingava-a de palavrões medonhos

— Pare. Já chega.

Ergueu-a pela cintura e arrumou sentada na grande mesa. Lá se foram pro chão fita métrica, tecido, carretel.

— Você é virgem?

— Sou. Por favor, não...

— Assim que eu gosto.

De mãozinha posta:

— Por tudo que é sagrado... pelo amor de sua mãezinha... o senhor prometeu...

— Ah, é?

Ele virou para trás a aba do boné.

— Agora vai ver o que é bom!

E fez com ela o que bem quis. Abusou de todas as maneiras. Sabe como é. Regalou-se.

Bem gago, xingando, olhava aflito para a porta. Ela gemia e chorava. Por favor, que parasse. Não podia mais de tanta dor. Até que ele se fartou. Escolheu um retalho e, ficando de costas, se limpava. Em seguida, quem diria! enxugou a coxa toda em sangue da pequena. Sacudida de tremores, com febre, soluçava baixinho. Daí agarrando-a com violência pelos cabelos arrastou de novo para o banheiro.

— Ai de você, putinha. Se der um grito...

Demorou-se a espiá-la.

— ...eu volto e te mato!

Não fosse a pressa, ai dela, começava tudo outra vez.

— Quietinha, hein? Feche esse bruto olho. Conte até cem. Bem devagar.

Ela ouviu os seus passos ligeiros até a porta, que bate de leve. Assim mesmo, contou até mais de 100, 150. Só então saiu, já vestida.

Chamou a vizinha, que acudiu e ligava para a mãe. Feito louca, de volta num instante. Ao vê-la, a pequena atira-se nos seus braços.

— Eu quero morrer.

Toda em ais e pranto.

— Eu vou me matar!

E busca uma tesoura. Sufocada, não pode falar. A mãe nem começa uma pergunta, os olhos da menina furadinhos de gordas lágrimas verdes. Tem nojo e ânsia, correndo ao banheiro para vomitar.

Quer tomar banho, com pavor de aids. E gravidez. E se...

Oh, não, meu Deus!

Desde aquele dia só dorme de luz acesa. Sozinha nem pensar. De tudo tem medo. No meio da conversa fica de olhinho vazio. Se esconde para chorar.

Jamais atende homem na loja.

De alegre e extrovertida, passa a quieta e ensimesmada. Desiste de estudar, ela que teve sempre as melhores notas.

Uma vez por semana é levada ao consultório da terapeuta.

Sonha que está sozinha na loja. Um tipo abre a porta. Óculo escuro e boné vermelho. *Você é virgem?* Sorri com o dentinho de ouro. *Tá gostando, né, sua puta!*

Ela acorda sentada na cama.

— Mãe, ói...

O grito afogado de horror.

— ...ói o bandido!

Apesar dos exames negativos, toma dois a três banhos por dia. Tiritando e chorando sob a ducha — os olhos mordidos por formigas brancas de fogo.

Mais que se esfregue, água não há bastante que limpe o corpo imundo e lave a memória suja.

Recusa ver o namoradinho (do retrato na bolsa).

Nunca sai à noite.

Alguém fala em aids? Pronto. A menina tem crise de choro. Quer morrer, quer se matar. E só. E mais nada.

O Noivo Perneta

Tudo aconteceu quando me amputaram a perna sete dias depois de casado. No acidente de carro foi toda esmagada abaixo do joelho. Culpa de um maldito bastardo bêbado.

Por que eu? Sempre tão cuidadoso na direção. Entre todos, logo eu? E não um desses loucos do volante, que costuram nas pistas e furam o sinal vermelho? Não era justo, eu me desesperava, estendido na cama de hospital. Seria indenizado e aposentado, certo. Triste consolo para um deficiente o resto da vida. Deficiente, droga nenhuma. Inválido, sim. Manco, sim. Aleijado, sim. Em plena lua de mel. Um desgraçido noivo perneta!

Doravante o farrapo de pessoa, ao lado da minha noivinha, essa, radiosa em saúde e graça, que me assistia na aflição e na crise de choro. Os dias contados e numerados. Infecção hospitalar, quem sabe. A medonha septicemia.

No pavor crescente de perdê-la. Presa fácil das tentações do mundo, assédio dos rapagões malhando nas academias. Fatal. Pelo meu único amor esquecido pra sempre.

Despertava aos gritos, o pijama molhado de suor. O sonho recidivo. Eu corria — a perna sã, refeita — e subia veloz em grandes saltos ladeira acima... ao topo do morro... sempre mais alto... Eis que aos poucos, o caminho estreitando, à beira do precipício negro e sem fundo.

Tão veloz, não conseguia desviar nem parar. E caía e caía, me debatendo, aos berros... Para acordar nos braços fresquinhos da garota caridosa a me enxugar o rosto em febre.

Que não me abandonasse tão cedo, agora em casa, exagerei a minha dependência. As muitas dores e gritos. A famosa comichão no pé, o esquerdo, que já não tinha... E, da cama ao sofá, ensaiava os primeiros passos inseguros no par de muletas. Ela me amparando e animando a não desistir.

Ao contato do seu corpo mal coberto pelo vestido simplesinho de algodão, era arrebatado por uma fúria erótica urgente. Me via de repente outro louco do volante nas lombadas e curvas dum caminho delicioso nunca antes percorrido.

Espichado no leito, com todo o tempo para evocar retalhos de leitura juvenil. Desde o quadrinho clássico de Carlos Zéfiro uai! ao catecismo do apócrifo Rabelais epa! às bacanais orgásticas do marquês de má fama.

As dores de coluna recomendam a posição supina e passiva. Assim reservei a ela, toda pudica, ex-aluna de colégio calvinista, os gestos inaugurais do nosso batismo amoroso.

— Os noivos que se gostam...

A Rosa cabia adivinhar e improvisar.

— ...fazem de tudo!

Nuinha sob o roupão entreaberto. A princípio, com alguma relutância. Olhinho fechado, a mão negaceante. Ai, os lábios duas asas trêmulas de borboleta adejando em volta do dardo erétil que se projeta altaneiro em busca do alvo.

Sou dos que gostam de trautear essa e aquela ária dramática da ópera. No início, rostinho em brasa, a timidez não lhe consentia o mais fraco dó de peito. Muito menos uma simples réplica no dueto.

Daí a minha suprema excitação quando, enlevada nos espasmos da volúpia, escutei da primeira vez os seus gemidos e suspiros entrecortados de — *ai, Jesus, ui, meu Deus, ai, ui, Mãezinha do Céu...*

A cada dia mais participativa. Abriu os dois olhos e direto as coxas — fosforescentes no escuro e cegantes no claro. E o mais que pedi.

E tudo o que não pedi.

Ganhou confiança, já envolvida em nossos jogos eróticos. O coto de perna, se dificultava, não me impedia. Era o próprio motociclista audaz do Globo da Morte. Sem as mãos no guidão, os braços abertos e agradecendo os aplausos.

Da ingênua menina fiz aos poucos a cúmplice voluntária. E depois minha odalisca do prazer. Ah, que bem-dotada se revelou para os folguedos delirantes da cama. Ideia de quem rasgar a calcinha com os dentes?

Entregava-se agora sem reserva nem pudor. Uma zona erógena só o corpinho inteiro. Sob a enteada dileta de Calvino se espreguiçava a mais safadinha das filhas de Salomé. Abre-te, ó Sésamo! — e a concha rósea bivalve se abriu na apoteose de múltiplos orgasmos. Era muito minha. Ninguém mais podia roubá-la. Esse o meu erro fatal. A ameaça veio de onde menos esperava. Minha sogra perdeu o marido. Em trinta anos um se dedicou a infernizar e crucificar o outro. E, morto, não é que se transmudava no esposo perfeito? Inconsolável, a bruxa voltou-se para a filha única. E passou a disputá-la. Malcasada, segundo ela, com um inválido sem futuro.

Pelas costas, me tratava somente de apelidos insultuosos — *o manquinho, o coxo, o patético noivo perneta*. Explorava as muitas deficiências. Ainda me locomovia aos trancos. Quando minha filha nasceu não pude estar presente feito uma pessoa de duas pernas.

Na convalescença, Rosa descansou algum tempo na casa da mãe. O seu quarto igualzinho à época de solteira. Daí a megera usou contra mim intriga e perfídia. Todas as armas do mais infame ódio de sogra. Não admitiu voltasse para nossa casa. A criança doentinha carecia de mil cuidados. Só não pôde impedir que Rosa me visitasse, em longas tardes de delícias e orgasmos em série. O anjo Gabriel ali não era chamado.

Uma curra ensaiada em que eu era dois e três — e a vítima agradecia e pedia mais, aindā mais, uma vez mais.

Tive de me conformar. Os dias, da mãe e do nenê. Minhas, sim, as noites inteiras. E autorizadas todas as licenças. Sob o dossel nupcial, de mútuo acordo, nada é proibido.

Mas não para a minha feroz inimiga. Teria eu corrompido a filha inocente, educada em severos preceitos religiosos. Ora, simplesmente a conduzi pela mão, um tantinho deslumbrada, ao nosso jardim das papoulas gordas e bêbadas da luxúria. Desde quando uma esposa nada merece? Todos os êxtases e desmaios e contorções experimentais são exclusividade da concubina?

Maníaco sexual, eu. Induzido pela deformidade à loucura e ao vício. Pervertendo e escravizando a moça aos meus caprichos doentios. Os nossos lícitos prazeres maritais eram, antes, pecaminosos e interditos pelas regras da moral.

Eu, o monstro, lhe desvirtuara a filha. Apartei do bom caminho a virgem singela entregue à minha guarda. O poço fumegante das sarças do inferno já me esperava de goela escancarada. E à moça também, se pronto não me abandonasse.

Era esposa e aleluia! aleluia! a mais fogosa das amantes. Certo, ensinei a escandir palavras porcas no ápice do gozo. Contribuição dela, porém, os santos nomes de Deus, Jesus Cristinho e Virgem Maria. O que a mim, confesso — não de todo incrédulo —, um pouquinho escandalizava.

O seu corpo uma ilha descoberta pelo sedento náufrago. Sem marca na areia de pé estranho — rósea e perfumada. Golfo e promontório. Baía e península. Caverna dos nove tesouros do Pirata da Perna de Pau. Na límpida fonte nadam hipocampo e lambari de rabo dourado. Búzio com cantiquinho de corruíra madrugadora. Passagem secreta para gruta encantada. Dunas calipígias movediças. Ninho escondido de penas de beija-flores. Em voo rasante garça-azul de bico sanguíneo.

Às vezes ela trazia a nossa filha. Sem jeito a segurava nos braços, receoso de que viéssemos os dois a cair. Não conseguia suspendê-la do berço. Nem dar banho, a sapequinha espirrava água com os bracinhos gorduchos.

Dia seguinte Rosa era devolvida ao regaço materno com fundas olheiras escandalosas, maldisfarçadas pelo óculo escuro.

Dada a minha ausência, cresceu a influência da bruxa. A mocinha, cada vez mais dócil e obediente, foi a ela e aos preceitos da Igreja se resignando.

Com a sogra ainda podia lidar. Decerto esperançoso de vencer. Eis que uma força maior se levantava. Deus, Esse, um adversário demais poderoso. Em face do Senhor dos Exércitos, quão pouco valia eu, euzinho, o mais manquitolante dos pernetas?

A batalha já decidida. Antes mesmo de travá-la. Contra o pênis ereto, ai de mim, se erguia a espada de fogo do arcanjo vingador.

Hoje aqui estou, sozinho e solitário. Aos pequenos pulos numa só perna. Sonhando em vão com o meu paraíso achado e perdido.

O Padrasto

Esse homem é meu padrasto. Na frente da mãe se faz de todo bonzinho. Me chama de filhinha. Põe no colo. E traz presente. A minha mãe está sempre de viagem. É o trabalho dela. Vendendo artigos de beleza. Fica semanas fora. De dia a empregada cuida de mim e do meu irmão menor. Tenho nove aninhos e ele, três.
Assim que a Luísa fecha a porta, pronto. Esse homem, sabe? Não para de mexer comigo. Ai, que nojo. Me afoga de tanto abraço e beijo. Até na boca. Ui, beijo molhado. Eu não gosto. Ele tem bigode e um bafão de pinga e cigarro.
Diz que estou muito magra.
— Eu te deixo fofinha e gordinha. Quer ser a minha boneca linda?
Me chama para ajudar no dever da escola. Sempre sentadinha nos joelhos dele. Lambendo o meu pescoço e alisando a minha perna.

Só que não tenho nenhuma lição para fazer.

Mostra umas fotos engraçadas de casais. Sem roupa, inventam sei lá o quê.

— Que tal, anjinho? Se a gente festeasse igual a eles?

De noite meu irmão dorme. Eu já deitada. Daí ele chega. Me carrega nos braços para o quarto do casal. Diz que tem saudade de minha mãe. E me abraça. E se mete comigo debaixo da coberta. Falando bobagem sem parar.

— Agora o anjinho é a minha mulher!

Me pinta com batom os lábios. Enfia a dura língua na minha boca. Depois tira toda a roupa.

Tão miudinha, desapareço perto desse bruto homão nu.

— Já te mostro como se faz.

E baixa a minha calcinha. Passeia a mão pelo corpo. Cobre de beijo babado. Me põe de frente. Arruma de costas. E me vira do avesso.

— Ai, como é bom. Ui, ui, tão bom. Uai, é bom demais!

Quer o mesmo com ele.

— Eu te ensino. E você repete. Bem assim.

Ralha muito e brabo. É que, burrinha, não consigo aprender a lição — copio tudo errado.

Menina má, que castigo mereço? Fechada no armário escuro, sem ar pra respirar nem água pra beber? Em qual dos meus sapatos ele esconde um ninho de aranha-marrom? (Pelo resto da vida nunca mais hei de calçar um deles sem antes bater com força no chão.)

Daí manda que brinque com o pipiuzão dele. Esfrega e faz arte. Aqui. Na frente e atrás. Assim. Eu gemo porque dói. Ele tapa com força a minha boca.

— Eu te dou todas as bonecas e os vestidinhos do mundo!

Mas não devo contar para a mãe. Ai de mim, se... Ela há de ficar com ciúme. Decerto se vinga. E me põe fora de casa.

— Um segredinho, né? Só de nós dois. Jure, anjinho. Com uma cruz no coração.

Às vezes, quase dormindo, sinto que ele começa tudo de novo. Fico de olho bem fechado, e pensa que adianta? Ah, ele nunca me deixa em paz. E, para eu não acordar, cochicha e suspira baixinho no meu ouvido.

Todo esse tempo, ai que raiva. Nunca falei nada. Tanto medo dele.

Da aranha-marrom.

Da cruz no coração.

Do armário escuro.

E vergonha da pobre mãezinha. O que ia pensar, se eu contasse? Me largava mesmo no meio da rua?

Até que a Luísa chegou hoje de manhã. Esse aí já tinha saído para o serviço.

Ela me viu dormindo na cama do casal. Nuinha. Boca pintada e inchada. Mancha roxa em volta dos pequenos seios. Mais perto, viu que estavam diferentes (um maior que o outro) de tanto ele chupar.

O lençol ainda molhado.

Daí chamou a tia Juve, que me trouxe aqui pra fazer exame.

Avisada, a mãe já tá voltando.

Sabe, eu não gosto dele. Nunca gostei. Minha vontade é que saia para sempre da nossa casa.

E nunca mais quero ver esse homem.

O Maníaco Ataca

Saio bem cedinho. Ainda escuro e muita neblina. Na maldita pressa, abreviando caminho, ai, não, me arrisco na linha do trem. Ouço passos furtivos logo atrás. Com medo o coração se põe a bater mais rápido que eles. No caminho deserto ali sozinha. Sigo para a esquerda, os passos também. Desvio para a direita, eles vão junto. Me viro e, trêmula, enfrento o estranho:

— O que o senhor quer?

Tem na mão uma pasta preta e na outra, meio escondido, um pedaço de pau.

— Cê tá pra mim!

Larga as coisas no chão. Com um pulo já mete as duas mãos no meu peito. Derruba na grama e vem por cima.

O bruto peso da morte. Na hora acho que é o fim. Começo a gritar. Chamo direto por meu Jesus Cristinho, ele não ouve.

O cara me prende os braços e quer beijar. Tanto desespero, junto força pra soltar as pernas. Seguro o rosto do desgraçado, um bafão nojento de cigarro, pinga, droga.

Olho verde doidão. Aquela boca imunda já quase na minha. Se esfrega, babando e ganindo, por uma dobra de carne onde se enfiar.

Daí consigo tirar a perna direita do meio dele. Com a mão livre lhe afasto o peito, encolho o joelho. Erguendo o tênis, arrumo a sola certinho. E empurro na barriga com toda a força.

É um barranco, ele rola e vai lá pra baixo. Só a conta de me levantar, apanho a sacola e a bolsa. O tipo se ergue também. Vem com tudo. E acerto duas sacoladas bem na cara.

Sem tempo dele pegar a pasta e o bastão. Saio correndo e bradando socorro. Espio pra trás, ele tropeça tonto e cego. Fujo aos gritos, alcanço uma rua iluminada, com gente a passeio.

Me perguntam o que aconteceu. Conto pra eles, confusa e soluçando. Olham todos para a linha do trem — com a neblina só aparece o vulto ao longe. Uns rapazes vão atrás. É tarde: o maníaco já sumido. Uma grande tremedeira me sacode todinho o corpo. Pra não cair, epa! tenho de sentar no chão. Meio boba:

— Me salvei. Mas não foi fácil... Puxa, eu me salvei! Afinal Jesus Cristinho bem que escutou.

Tudo muito depressa. Eu, desesperada e perdida. O bandido tenta beijar, mas não consegue. Sem tempo de tirar a minha roupa. Só rasga a jaqueta branca, novinha por sinal. Segura nela e, quando o jogo pra trás, arranca o bolso direito, ali na mão fechada.

O que eu não conto é que, de tanto esmagar, machuca sim os meus seios, doídos por mais de três dias.

Triste a entrevista naquela tarde. Bastante nervosa, respondo errado às perguntas e não consigo o emprego.

Fico depressiva. Só ando assustada. Acho que tem alguém sempre me seguindo. Você escuta passos, sabe. E já se vira, pronta pra correr. De todos agora desconfio.

Vinte dias atrás sou operada de um cisto no cóccix. Quando o bruto me derrubou, decerto feriu e prejudicou por dentro. Não tinha problema algum, né? E, de uma hora pra outra, isso aparece.

Consulto um terapeuta. Receita calmante. Sabe o que diz?

— O susto, mocinha, não era para tanto.

Ah, puxa, fosse com ele... *Não era pra tanto!* Daí eu quero ver.

Senão ainda acabo neurótica, já pensou? Mas estou com muito medo. Não durmo direito. Toda noite sou visitada pelo tarado.

Nem tenho coragem de falar o que acontece no sonho.

O Assobio do Maníaco

Oito da manhã, lá vinha eu. Empurrando a velha bicicleta, à beira da linha do trem, para encurtar o caminho. Em visita a uma irmã doente.

De repente o carro preto parou ali perto. O rapaz de agasalho vermelho desceu e perguntou por uma rua. Eu disse que não sabia. Ele olhou para os lados, se vinha gente. Tudo deserto.

Daí me agarrou com força pelo braço. Tremia, de tão nervoso. Mostrou o pequeno punhal na mão direita. Voz rouca:

— Bem quietinha, moça.

Eu fui gritar. Pronto, levei um tapa estalado na cara. Uma bruta mão suada me cobriu a boca. Mão fria de defunto.

— Que eu te mato!

Pelo seu olho verde doidão logo vi que falava sério.

— Moço, não tenho dinheiro. Só a bicicleta e o celular. Pode levar tudo.

— Eu, hein!

— Pelo amor de Deus. Não me faça mal. Tenho um filho doente. Sofrendinho de asma.

— E eu com isso?

Quis me puxar para um matinho. Bem que resisti e não deixei.

— Olha, moça. Tá me pondo nervoso. Se eu fico nervoso...

Ganhei mais uma tapona na orelha, que doeu.

— ...já faço uma desgraça!

Espetava fundo e fininho o punhal. Me arrastou até a sombra de um barranco.

— Nem um pio. E vá tirando a calça.

Eu não queria. Mas, de tanta ameaça, acabei obedecendo.

— Agora desce a calcinha.

Primeiro dia que a usava. Surpresa de aniversário para o maridinho.

— Senão eu rasgo!

O gesto suspenso, ainda indecisa.

— Me duvida, é? Já te mostro!

Daí, o que eu podia? Vergonhosa, baixei a cabeça. Mais a pecinha preta rendada
— Agora fique de quatro.
— Não fico, não.
— Quer apanhar de cinta? É do que você gosta, hein? Isso o que tá querendo, sua danadinha?
Então eu fiquei.
— Assim, não. De perna aberta.
— ?
— Com a mão no trilho.

Ai de mim, escancarou o zíper. Ali de pé, me comendo com o olhão verde. Falava um monte de nome feio. Tudo bobagem e porcaria.

Vi de relance que se masturbava furioso. Gemia, de boca aberta. Espumando.

— Não me olhe, sua cadela.

Até que se ajoelhou. Resfolegava quente na minha nuca. Uma agulha de gelo me belisca — estou aqui! — o lombo nu.

Daí me apalpou todinha. Agora as mãos duas brasas vivas.

— Se não me fizer gozar...

E abarcou firme. Por trás. Com toda a força.

— ...eu te mato!
Tantas e tamanhas o desgracido fez, fez, fez.
— Se eu não gozo... já sabe...
E, mais que fizesse, me pingando de suor debaixo dele, não conseguia.
— ...cê tá morta!
Então pelejamos, os dois.
Até que, achada a força do macho, me rasgou e sangrou duas vezes. Na frente e atrás. Aos ganidos, afinal gozava.
— Pronto!
Fechou o zíper. Me deu as costas.
Se afastou sem pressa. E assobiava, o bandido, muito alegrinho.
Subiu no carro. E foi embora.

O Maníaco do Olho Verde

Basta ser mulher, só o que vejo. O assobio, só o que escuto. É uma doença, certo? O bruto que se empina aqui no meio das pernas. Corcoveia e relincha. De mim faz o que bem quer. Ordena, eu executo. Não consigo controlar. Qual é uma? Qual é outra? Sou o último a saber. Pra mim todas iguais. Do rosto não lembro. Nem do dia. Eu assumo que isso aconteceu. Sim, muitas. Não sei quantas. Um par delas. Certo, eu abuso. Mas não tomo dinheiro nem nada. Uma quis me dar o celular. Até a bicicleta nova, já pensou?

O punhal? Uma faquinha de cozinha, dessas de cabo branco de plástico. Certo. Vinte e seis anos, solteiro, eletricista. O arrimo da minha mãe. Se eu falto, quem cuida da pobre velha? Veja bem, ninguém pode contar o que faço. Mortinha de desgosto na mesma hora.

Não sei o endereço nem nada das tais moças. Eu não planejo. Só fico zoando a par da linha do trem. Bem cedinho, uma delas empurrava distraída a bicicleta azul. Pô, que cabeça a minha. Não é que havia esquecido o punhal?

Antes que me escapasse, corri até o carro, peguei uma chave de fenda no porta-luvas, fui atrás. O resto, bem. Todo mundo já conhece.

Teve, sim, o lance com a menina. Sabe que me deu peninha? De volta da escola, a mochila amarela nas costas, um macaquinho verde suspenso, pra cá pra lá.

De braço aberto, ela se equilibrava no trilho. Ali mesmo eu derrubei. Tão feinha e magrinha. Quantos anos você tem? Onze, ela disse. O assobio me azucrinava a cabeça. Escapar já não podia. Nem eu nem ela.

Feche o olho, eu disse. Sim, senhor. Sem eu desconfiar. Virgem, a pobre. Até pedi desculpa por toda a sangueira. Gemendinha, lá se foi, arrastando o pé. Nem queria mais pular no trilho.

A mochila aberta no dormente. Cheinha de lápis de cor. Não peguei nenhum.

Das outras não lembro. Nem sei quantas. Por todas não respondo. Eu não sou o único. Nem o pior. Será que esses aí também escutam o zumbido?

No momento sem namorada ou noiva. Pena que não deu certo pra casar. Ou arrumar companheira. Acho que é por estar sempre caçando. O meu prêmio? Ah, não nego, bem melhor que passarinho.

Distúrbio não sei o que é de verdade. A mãe sempre diz que tenho problema de cabeça. Queria, sim, parar. Com essas coisas.

Fui a terreiro, pastor, benzedeira. Sarar desse mal não consigo. Feitiço ou maldição. Me arrependo muito do que pratico. A última namorada me indicou terapia. Era muito compulsivo. Toda hora com ela pra cama. Não posso ver e já quero de novo.

Estou sempre no ponto. Pra ela nunca fui violento. Eu só pedia. E, boazinha, deixava. Desconfio que nem gostava muito.

Não dá pra pensar direito. Vejo a mulher, qualquer uma, e pronto! Já perdido. Invento qualquer coisa pra ser minha. Capaz até de matar. Tenho medo que isso ainda aconteça.

Essa namorada fazia faculdade. E me indicou lá para terapia. Tinha estagiária, daí eu fui. Fiquei um tempo. Frequentava direitinho, só que não adiantou. Nunca falo desse tipo de... Se eu não me entendo, como posso explicar?

A estagiária que cuidou de mim se chama Estela. Não sei o nome completo. Uma vez acabo contando tudo. Ela disse que ia ficar bom. Só não desistir. Daí confessei que sentia atração por ela.

Mais de um ano dormimos juntos. Bastava ouvir a sua voz, olhar para ela. Já tinindo. Ela bem excitada por saber o que eu tinha feito.

Um dia a Estela me disse que estava noiva. Não podia mais se encontrar comigo. Aceito numa boa. Gosto de variar. Foi daí que garrei a zoar na linha do trem. Por ali não corre mais trem. Passa uma alma perdida e com pressa.

O sonho do predador. Moça que chega no pedaço, já sabe. Não escapa. Eu vou atrás. Por bem ou por mal, faço o que eu quero.

Engraçado, né? Às vezes me pergunto. Se não é o que também elas estão buscando.

Bem, de verdade mesmo. Com alguma não dá certo. Mais forte, se defende, grita. Essa consegue me fugir. Não ligo. Pra uma que escapa, eu pego duas e três.

Se soubessem, ah, ingratas! O que por elas eu arrisco. Nem mesmo posso tirar o blusão. Mal abro o zíper. Olhando para trás, o perigo direto de ser visto. Alerta pra fugir. De repente. A toda pressa.

Se um fidaputa me pega. Fatal. Bem sei o que me espera.

Pau e pedra. Massacram e arrebentam. Soco e pontapé. Me afundam cada olho com o polegar. Me quebram a perna em três pedaços.

Me arrancam e estraçalham, ai, os valentes culhões pretos, ui.

Sorte minha se for linchado ali mesmo. Suspenso de ponta-cabeça no primeiro poste. Famílias inteiras virão de longe para ver. Ali, pesteando os ares. O circo de urubus festeia no limpo céu azul.

Mil dedos me apontam: *Esse aí, olhe. O meninão da dona Cidinha, quem diria. É ele. O maníaco da linha do trem!*

Sim, sorte minha. No ato, ali mesmo, estripado. Eu, vampirão, com uma estaca no peito.

Sobreviver é para sorte pior.

A medonha jaula. A cadeia. Ela, não. Por favor, ó Deus. Será o meu inferno. Sei de tudo. Te raspam a cabeça. Mais o bigode. E a sobrancelha.

— A nova boneca...

Te pintam a boca de vermelhão.

— ...do olho verde no corró!

Venham todos. Sirvam-se. É grátis. Sodomizado e currado por uma tropa faminta de garanhões. A mulherinha de todos os tarados da zona. Afinal chegava a tua vez. Gostou, panaca de merda?

De tudo isso eu sei. E porra! porra! porra! Por que não desisto? Enquanto é tempo, ó, meu Jesus Cristinho? Alguém me responda. Eu mesmo não posso explicar.

Será o tal assobio? Me obriga a perseguir e atacar. Sem dó nem sossego. Até que um cagueta me dedure. Daí a pobre vítima euzinho aqui?

Cedo ou tarde. Fatal.

Minha danação. Sempre à caça de outra moça. E mais uma. Eu digo moça. Pode ser qualquer uma. Feia ou bonita, gorda ou magra, guria ou velhota.

Fique bem claro. Não é que o bagaço da velha me excite. Estou direto com tesão. O tempo todo. Este badalo aqui repica as horas. Antes mesmo de ver se é menina. Branca e cheirosa. Ou coroa. Escurinha e banguela. Tem alguém zunindo no meu ouvido. Sempre.

É um assobio fininho dentro da cabeça. Não sossega nunca. Desde que me conheço por gente. Onze ou doze anos. Mesmo dormindo. E no sonho ainda escuto.

Sabe, às vezes eu paro. E imagino. Será que alguém zizia mesmo em surdina? Por que esse infame zumbido me tortura? Não deixa pensar. Força a tais barbaridades.

E já pensou, cara. Se o assobiador secreto, hein? Não é você. Nem ele. Sou eu mesmo?

Bem que as pessoas não entendem: *É um louco! Um assassino! Um monstro!*

Me diga. Que culpa tenho eu? Assim fui nascido. Simples capricho do Senhor Deus. Sei lá, o mau sangue dos pais. Uma praga do capeta desgraciado.

Podem me condenar, babacas e bundões. O que eu faço? Tudo o que vocês gostariam. Eu sou um de vocês.

O Arrepio no Céu da Boca

A um cidadão de respeito não é prudente a visita a certas casas. Três filhos crescidos, João não pode se expor a vexame, muito menos escândalo. Aos cinquenta anos, na força do homem — amor demais para uma só mulher. Bem casado, cada vez mais sensível às mocinhas de vestido branco de musselina.

— Como você faz?

O amigo frequenta o apartamento da famosa tia Olga: bacanal a três, virgem louca e tudo. Das pequenas baixezas é a sordidez que o fascina?

— Por que não uma amante?

Na teúda e manteúda nem pensar, o brasão pomposo de coronel da velha guarda. Já basta um caso notório da família.

— Então, meu santo, não há escolha. O prazer solitário ou a menina de programa.

Ouve pelo telefone, fim do expediente, o canto de sereias oferecidas. Comete o primeiro erro: sempre da mais feia a voz mais doce. Tão medonhas algumas, que as indeniza pelo táxi e dispensa, com o pretexto de um cliente inesperado. Cínicas outras, pedem para telefonar e, rindo, fazem uma, duas, três ligações até um novo programa.

— Achei uma para você — lhe diz o amigo. — Só que não frequenta escritório. Você tem de ir ao apartamento.

Um mês depois, o cartão esquecido — rasgo? não rasgo? Um número qualquer. Fosse julgar pela voz, indiferente, desistia do encontro. Deus, ó Deus, no sábado frio de garoa, que fazer em Curitiba às três da tarde?

Olho mágico na porta, que se entreabre. Feia não, quase nariguda. Curtinha camisola azul, brancas pernas, descalça no tapete, o pé grande. Ele se vê de relance — colete, bigode grisalho, guarda-chuva — no espelho do corredor, ela apaga a luz. O quarto na penumbra da tevê. João senta-se ao pé da cama, ela fala de olhinho atento na imagem preta, sem som.

Nervoso, tira do bolso a garrafinha de uísque, pede gelo. Ela traz duas pedras no copo, não aceita um gole.

— Gosto ruim. Não sei como alguém.

Já sei, pensa ele, prefere abraçadinho de camarão com frapê de chocolate. Apoiada no travesseiro (não é suspeitíssima a cama de casal?), a mão no joelho dobrado, acende o primeiro cigarro. Vinte e poucos anos. Morena pálida, olho quem sabe verde, cabelo castanho curto. Entrevisto pela gola rendada o seio durinho. Risonha, mas distante, responde às perguntas. Uma cidadinha do interior, três anos em Curitiba, secretária numa corretora.

— Cidade maldita. Nunca senti tanto frio. No dia em que cheguei até neve caiu.

Fala da família, do namorado. Singelamente. Nada de profissional; não faz pergunta. Ele diz que é advogado, bem casado. Agrada-lhe o à vontade. Morde a língua, como teria sido a primeira vez — com o pérfido noivo?

João bebe duas doses. Ela conta uma passagem da infância. Até que ele se debruça:

— Sabe que muito bonitinha?

Por que sempre a mesma frase? O mesmo livro já lido? O mesmo filme já visto? A mesma valsa mil vezes rodopiada?

— E tem um lindo seio?

Afasta a seda azul, beija o biquinho esquerdo, com a pequena mancha redonda.

— Um tiro, já viu? Sem querer. Meu priminho de sete anos. Eu, com cinco. Saiu muito sangue.

Garrida, fagueira, cheirosa do banho. Ele beija ao longo do corpo o clarão fugidio da tevê. Depois é o grande pássaro negro cobrindo-o nas longas asas.

Já vestido, dobra duas notas na mesinha de cabeceira. Põe o relógio de pulso. Alcança a garrafinha.

— Não quer deixar?

Pela metade, os outros não vão servir-se? Ela sorri:

— Fique sossegado. Ninguém pega.

Convite para voltar? Três dias depois ele volta.

Dois beijinhos furtivos no rosto, ainda bem o chama pelo nome, não de tio. Outra vez instalado ao pé da cama, o copo na mão. Ela acende o primeiro cigarro, olhinho na novela muda. Ele observa, um lampejo súbito no rosto, o brilho móvel na pupila. Qual nariguda. Qual pé grande. Nariz perfeito, pé na medida certa.

Ao fim do segundo cigarro, ele se inclina. Beija a boquinha fria — apesar de esfomeado, por que tanta doçura? O arrepio lancinante no céu da boca é o mesmo das cocadas negra, rosa, branca de nhá Rita — ó suprema delícia da tua infância.

— Ai, que tanto beijo. Você me sufoca.

Ainda agradecido, não é beijo, *amor*. Ou sufoca, *bem*. Desvia o rosto, empurra-o, se desvencilha.

— Ficar mais à vontade?

No gesto mágico, duas vezes nua. João se contém para, de mão posta, não cair de joelho. Quem vê uma mulher nua já viu todas? Aí que se engana, cada uma é todinha diferente. Ah, que bom, aprender tudo outra vez.

Essa, não — na mesinha o telefone toca. Ela se recusa a desligar, se é urgente? O pai com problema cardíaco. A mãe sofre de tonteira, já caiu no banheiro.

O pior é que, ao atender, ela retoma o cigarro. Um tantinho frustrado, João se consola — a nunca vista nudez, a coxa fosforescente de tão branca. Não é o som de uma só mão que bate palmas?

Flutua três dedos acima do lençol, dores do mundo esquecidas, ela já reclama:

— Como você é pesado, puxa.

Corre para o banheiro, de passagem ergue o som da tevê, acende novo cigarro. Bem ele apreciaria uma doce conversinha tenebrosa — ó frases mais bobas, ó verdades tão profundas —, essa noite acabou. Longe deixa o carro, nunca no mesmo lugar — até lá bailando numa nuvem ligeira, a cabecinha riscada de relâmpos e estrelas cadentes.

Mais forte que ele, torna uma, duas, três vezes. Basta você beijar o pé da mulher, ela te espezinha. Se bem escrava do dinheiro, João não se iluda: o amor aqui não é chamado. Mais que pergunte, ela se recusa a falar dos outros.

— Gostava que de você falasse com eles?

É justo, pela franqueza deve ser ainda reconhecido. Uma noite, entre dois beijos roubados, a campainha toca.

— Meu Deus, quem será?

O susto é contagioso, perna trêmula e voz rouca:

— A mim você pergunta?

— Não fale.

Aflita, já de roupão. O célebre suadouro? O doutor veste-se a toda pressa. Nunca mais há de ficar nu.

Sumir, mas onde: debaixo da cama? No fundo do guarda-roupa?

Ela fresta o olho mágico, volta em pontinha de pé, cochicha:

— É meu tio! Que será? Esconda-se. Aqui atrás.

Mão firme o conduz pela cozinha, deixa-o na área de serviço. Encolhido ao lado do tanque, João se arrenega: Que loucura, meu Deus. O que estou fazendo aqui? Se escapar, nunca mais. Putinha vigarista. Das mil janelas do edifício vizinho, quantos olhos indiscretos o espionam? A amiga íntima da mulher, já pensou, uma coleguinha da filha? Mesmo no escuro, o rosto queimando de vergonha.

Cinco, dez minutos depois, ela abre a porta — estava chaveada.

— Pode vir. Sabe o quê? Puxa, o que ele fez? Olhou em todo canto. Atrás das portas. Nunca fez isso. Até abriu a geladeira!

Que tio maldito, esse, de quem jamais falou? Bem nervosinha:

— Ai, querido. Doença na família. Devo sair em quinze minutos. Ai, ai. Depressa. Venha.

Essa noite, já viu, fracassa miseravelmente o pobre.

Dias depois, meio nus na cama. Ansioso, espera o fim do segundo cigarro. Outra vez, o telefone te assusta.

— Não atenda. Por favor. Me deixa inibido.

— Recado urgente. Poxa, que você. Cara mais egoísta. Se minha avó morreu?

Ao reconhecer a voz, pula de pé. A outra mão antes revela do que esconde — nela tudo o deslumbra. Agitada, sem o encarar:

— Você precisa ir. Vem alguém aqui. Em cinco minutos. É muito importante.

— Mas, quem? Por quê? Olhe como chove.

— Não posso explicar. Agora, vá. Ele já chega.

Quer que te veja? Sabe quem? O meu pai!

Pai ou amante, nem protesta, nuzinho ao lado da cama. Ali surpreendido — só de meia preta — já pensou? Furioso, larga três notas sobre a tevê colorida. Não é que a traidora, na porta, lhe dá um beijo na boca?

— Desculpe, amor. Ai, tão nervosa. Depois eu explico.

O temporal na rua, a água invade a calçada. Abriga-se na marquise da esquina. Um carro esguicha ondas, para diante do edifício. Salta o rapagão alto, loiro, de óculo — é o tal. O coronel ali na chuva, pé molhado. E o cafetão no bem quentinho.

Quase meia hora tremendo no frio e gemendo no desamparo. Foi a última dessa pistoleira. Mais uma não me apronta. Adeus, querida, para sempre. Pode telefonar. Se desculpe quanto quiser. Nunca mais. Não telefonou, a cadelinha. Nem se desculpou. Ele, sim: tinha esquecido o relógio de pulso. Se o outro, já viu, o descobre na mesinha. Há que dividir com o gostosão, o galã, o gigolô? Tudo, menos perdê-la. Como é que coxas tão frescas, e só descerrá-las, o incendeiam no fogo delicioso da danação?

Presidindo a mesa da família, contrariando uns embargos de terceiro, no meio do cafezinho com o gerente de banco, pronto de olhinho perdido, engole em seco, uma veia dispara na testa, o coração aos gritos. O cidadão respeitável, esse? É, sim, lobo raivoso, que espuma e rola no pó da loucura, uivando para duas luas — uma nádega em cheio resplandece entre as caras coloridas da novela.

Como você pode aturar uma chata, que se lamenta do emprego (as patas imundas do patrão), do aluguel,

a eterna garoa, o barulho dos vizinhos, a inveja das amigas? Só fala em dinheiro, dinheiro. Quantos aniversários — mesma pessoa, mesmo ano — que de presentes! No telefone:
— Preciso de tanto. O conserto da tevê. Sem novela não sou gente.
— Já não dei, quanto foi? Para...
— Ah, é? Já não precisa vir. Nunca mais, ouviu?
À noite, debaixo de chuva, lá está o distinto. Sem ao menos abraçá-la, que espirra e funga, se assoando: da própria chuva o maior culpado.
— Essa tua bostica de cidade. Só chove? Só faz frio?
Para não beijá-lo, gripada sempre. Com dor de dente. Garganta inflamada. Isso mesmo sente por ela: cada vez que engole, a inimiga dói, brasa viva e agulha de gelo. Tudo perdoado na hora que, de pé, a envolve no roupão acolchoado rosa e, ganindo de gozo por dentro, começa a soltar os botões, bem devagar, do primeiro ao quinto, até ficar de mão junta, ali de joelho.
— Ó catedral ó turbilhão ó beijos ó abismo ó rosas!
Uma mulher cruza o teu caminho, ela não é o caminho? Vendo-o à sua mercê — nua de saltinho

alto em poses diante do espelho — revela toda a sua vulgaridade, os maus modos à mesa, a linguagem chula, a feia tosse.

— Você fuma demais, querida. Não sabe que...
— Se falar mais uma vez. Uma só. Sabe o quê? Eu grito. Sabe o que é berrar? Abro essa janela e...

Sofre em silêncio a longa espera de um, dois, três cigarros. Até que ela te permita se chegar.

— Ai, no seio, não. Que dói.
— Nossa mãe. No pescoço, não. Sinto cócega.
— Ai, que horror. Não me pegue. Essa mão fria de defunto.

Deixa que fume. E se engasgue. E tussa. Pode falar, sua vaquinha. Quando acabe, já sei o que vai essa linguinha feminista me fazer.

Que estalidos suspeitos, ali no canto escuro? A fina cosquinha do terceiro olho na tua nuca. Mais uma lição: nunca não abra o armário de uma bandida, você dá com um bicho nu e peludo. Pode, sim, ranger os dentes: bem ela insiste na coleguinha loira, quem diria, atrás do arquivo te agarra, um beijo aqui, outro ali, nao na boca, você não deixa. O cafajeste no ônibus já se encosta e elogia tuas prendas calipígias. O antigo noivo (domingo de sol, oito e meia da manhã, violentada de pé contra a máquina de costura) volta a persegui-la. O famoso exibicionista assobia e abre a capa quando ela passa.

— E você, o que faz?

— Ora, o quê? Eu olho, claro. Se ele se envergonha. Mais os telefonemas obscenos que, em vez de desligar, a sirigaita ouve até o fim.

— O que ele diz?

— Mais geme do que fala. Só essas bobagens. Acha que vou repetir? Não me respeita, ô cara?

— Santo Deus, por que não desliga?

— Ah, é? E assim descubro quem é? Você é doutor, mas não parece. Deixo que fale. Bem à vontade. Às vezes, confiado demais. Epa, solto um palavrão. E ele, sabe o quê? Ainda me agradece, o diabinho.

Bem que afila o nariz, um nadinha estrábica, quando mente — essa aí, quase sempre, mente. Irritada, a voz mais canalha, tanto se esganiça. Podia vê-la: uma gorducha desbocada, vestido estampado de florinha. Mesmo no inverno, braço roliço e vermelho, nunca de frio. Decerto o buço mais negro. Dali a dez anos, sim.

Mas não agora, crucificada nos seus braços, ela geme, suspira, grita. Ah, não, ninguém finge os lábios em fogo. Não agora, mil pequenas mordidas na tua orelha direita, na nuca, ao longo do pescoço.

— Não. Não morda. Está louca?

Ganindo e soluçando e virando o branco do olho.

— Eu te adoro. Ai, seu puto. Com força. Me rasgue. Assim.

Proíbe visitá-la, ai de você, sem que avise primeiro — aninhada nos braços de um tipo qualquer?

— E meu pai? Minha mãe, já viu? Com que cara você e eles.

Se é que, nunca, teve mãe e pai. João faz as contas, desconfia ser mais velho do que o pai — sem a barriga.

Muita vez, ao telefonar, ela responde não. Que não, secamente. Se ele insiste, desliga. Ah, desgracida. Antes não ouvisse a radiola bem alto, risos, tinido de copos. No lado esquerdo do teu peito arrasta-se uma lagarta negra de fogo. Se fosse espionar debaixo da janela em penumbra? Para que chamasse aos gritos:

— Venham todos. Venham ver. Quem está ali? O meu coronel. Olhem lá. Não é velhinho ridículo? Soluçando, lá na chuva.

Mais perdido ainda nos fins de semana e longos feriados em que ela some — com quem, para onde? Que arte já fazia com o priminho de sete anos?

Até que uma noite o recebe com agradinho. Primeira vez, sem você pedir, faceira e dengosa, senta-se no teu joelho.

— Posso, bem? Te contar uma coisa, amor. Você jura, querido? Não se zanga?

À palavra querido ele já leva a mão na carteira.

— Estou grávida.

Antes que o insulto cerebral, a trombose, o enfarte fulminante.

— Não, não pode ser. E a pílula? O pessário? Dois meses não me deixa... Proibiu, o médico, não se lembra?

— De você, não, bobinho.

O dedo de Deus enxuga o teu suor frio na testa — e ainda há tolos que não acreditam.

— Meu noivo, o bandido. Bateu aqui uma noite. Agarrada à força. Todinha me arrebentou. Sem coragem de te dizer.

— Ora, é fácil de tirar.

— Está doido, cara?

Radiosa, deslumbrada com o novo estado.

— Crente, não sou? Esse filho eu quero. Me fazer companhia.

Salve, salve a igreja quadrangular, glória a Jesus Cristinho dos últimos dias, aleluia.

— Se você pensou bem. Acha que pode. Se teu pai, tua mãe...

Já não o escuta. Semana seguinte — ai da coroa de soberba dos grandes de Curitiba — lhe apresenta rol de compras: chocalho, touca de renda e fitinha, fralda descartável, banheira azul. A barriguinha já se mostra, de quantos meses? Em vez de enfeá-la, um encanto a mais?

Com os dias vai se desfigurar, a pata-choca. Mancha no rosto, pé inchado, no ventre uma cesta pesada de flores. Tragando fundo, bate sem jeito as agulhas no primeiro sapatinho de lã.

— São duas, três carteiras por dia? Não sabe que, cada cigarro, o nenê também fuma?

A gorducha se faz pequeninha no teu colo.

— É o último, juro. Não brigue comigo, anjo. Me deixa tristinha.

— O teu famoso noivo? Não voltou mais?

— Ai, amor. Não te disse? Pois é, telefonei. Sumiu, o viadão. Logo que soube. Sempre foi assim. Um grande covarde.

— Não pensa que...

— Me faz um favor, bem? Não fale desse aí. Nunca mais.

— E se, mais tarde, ele...

— Dá um beijinho, querido. Puxa, você. Oh, não. Que horror. Unzinho só.

Você não aprende, João: o coração da bem-amada é ninho de tarântulas cabeludas.

— Agora quietinho, anjo.

O ataque da medonha tosse. Sopra-lhe fumaça no rosto. Outra vez, sonhadora:

— Já pensou, amor? Daqui a uns meses? O *nosso* filho?

Amor, Amor, Abre as Asas

Morzinho, você me fala de vozes. Também eu escuto. Não muitas. E, sim, uma só. No chuveiro, na lanchonete, em sonho, lá está ela, me soprando aliciante ao ouvido. Sempre a mesma. Sabe o que diz? Nada de perífrase (vício de certa pessoinha) e circunlóquio. Ao pedir um carinho proibido (ora, proibido? não existe, pra quem se gosta), dispensa invocar Sócrates, demônio interior, sei lá. Onde eufemismo — como direi? como dirás? — da gentil palavrinha porca?

A tal voz — seja de quem for — é simples e direta: E agora, putinha, o que você quer? Um beijo, dois tabefes, uma bolina furtiva? E a mão esperta na face oculta da coxa lavada em sete águas, você quer? Sim. Diga sim. Fala, porra.

Ai, quero, eu suspiro. O que você quer, docinho? O abismo, nego meu, o chicote, o delírio, morta mortinha de gozo. Me desnude com as palavras, com a língua, com a pontinha do terceiro quirodáctilo.

E insiste a voz em surdina:

Levante uma ponta da saia xadrez plissada. Empine a nalguinha. Rebole, sua vadia. Exiba esses mimos, prendas, graças. Diga que tá gostando.

Erga a blusa. Baixe a calcinha. Agora de joelho e mão posta. Peça perdão, ingrata, dos muitos enganos, cuidados e aflições.

Solte o cabelo. Fundas olheiras do lápis bem negro? Mostre a linguinha. Lábio pintado — ah, não é vermelho-paixão? Sem desculpa. Comece tudo de novo.

De novo, corra o fecho. Retire, epa! cuidado. Ponha todinho (aqui outrora retumbaram hinos) na boca. Não, só a pontinha. De novo. Mais devagar. Morda. Não com os dentes. Bem assim.

Ai de mim, voz dura e poderosa:

Fique de quatro. Licença poética ou não: abra a perninha. Faça gostoso. Olhe pra mim, bem aberto.

Não pisque. Peça. Sim. Quer tudo. Sim. O que uma putinha de rua não. Isso que você é. Uma rampeira bandida.

Devagarinho. Agora mexa. Tudo a que tenho direito. Quer mais? Minha Modigliani nua de bolso. Do que você gosta, mãe santíssima dos Gracos?

Ah, é?

Nadinha de circunlóquio e perífrase? Prefere receber — com perdão da palavra — no cravo rosáceo violeta? Do aflito e danado ouçam o claro canto de alegria. Todinho meu, anjo? Só meu? Urrê!

Peça mais. Peça tudo. Fale, sua viada. Grite, porra, aos berros.

Agora sofra inteiro o obelisco de fogo e mel. Gema, bandida, suspire. Mais alto. Me dá essa boca e esse peitinho.

Quero esse rabinho empinado. Monte, esporeie, galope. Ranja os dentes, ó divina! Amor, amor, abre as asas sobre mim. Tuas redondas asas calipígias. E arrebate, sim, em voo cego sobre os telhados a face do abismo as baleias.

Ainda aos cochichos, a secreta voz:

Se declara minha odalisca do prazer. Para todo serviço graduada mestra e doutora. Me fez, isso sim, o escravo de mil perversões e delírios.

Tarado, eu? Quem me dera. Antes vítima e joguete da tua luxúria louca — ó vampira desgraciada do meu coração!

Quer apanhar? Uns tapas estalados na tua gulosa boca vertical? Disso que você gosta? Do chicotinho com sete nós cegos? Pois vai ganhar. E já.

É isso, Messalina cachorra e viciosa. Cleópatra rainha do boquete que provoca as devastadoras inundações do Rio Nilo e fertiliza copiosamente as suas margens.

Doeu? É pra doer, sua vagabunda. Ai, prêmio e tormento da minha vida. Me beije. Morda (ai, ai, os dentes, não). Abocanhe.

Chame de puto, corno, safado, escroto, bandalho.

No alto das tuas coxas portentosas, aleluia, aleluia! entre róseas dunas movediças a secreta fonte de êxtase e delícia já se revela. Danação? ou direi redenção? da minha...

Sem piedade, ó famélica noivinha louva-a-deus, faça de mim o teu suculento banquete nupcial.

Ai, doçura, como é apertadinha. Bendita seja. Não mereço, mas agradeço. Estrangule. Me afogue. Mais e tanto...

Ai, ai, Juriti! Vejo anjos.

Ouço hinos.

(Um soluço.)

Bem assim geme e suspira a desconhecida voz. Me perturba, a toda hora onipresente. Jamais dá sossego. É terrível, morzinho. O que fazer? E você, aí, tão perto e tão longe, não me acode.

A quem ela pertence? Você tudo sabe. Então me diga. Exija que me deixe em paz.

E o dono dela, seja quem for, quero muito conhecer. Venha prestíssimo me visitar. Agorinha mesmo. Já. Já.

Aqui está ela. Eu não disse? Quem pode ser? Bem me lembra certa pessoinha. Sei, não. Perífrase, querido? Circunlóquio, meu amor? Eufemismo, como direi? como dirás?

E a voz insiste, pede, reclama, exige. Diga que sim. Fale, porra. Sim. Peça mais. Peça tudo. Grite, porra, aos berros.

E como não obedecer?

Ai, quero, eu suspiro.

O que você quer, docinho?

O abismo, nego meu, o teu chicote, o delírio, morta mortinha...

Violetas e Pavões

Caro Senhor,
Atrevo-me a escrever uma simples cartinha? Ousarei descascar uma laranja? Beber um copo dágua? Suspiro gazeio grito. Me atrevo, sim.
Com batom vermelho-paixão rabisco estas pobres palavras. Porventura saberei as ordenanças do meu senhor? Peço emprestados o vocabulário e a mitologia dos personagens. Mais o delírio da tua luxúria louca.
Me dê o mote, que eu gloso — e gozo.
Eu a tua insônia de saltinho alto e bustiê dourado. O relampo cintilante dos mais secretos desejos. A orelha certa para frases liricamente porcas — e a tua navalha afiada de Van Gogh. Aqui, pardal! que abra o peito e o bico e — ó desgracido — cante.
Tua mão esquerda sustenta a minha cabeça, e a direita... ai! a direita que tanto me viaja, viaja, viaja. Abre botão, avança sinal, rompe decote, desfere

beliscão, titila mamilo, colhe cereja, desfaz laço, fita, renda. De mansinho enrola o canto esquerdo da minissaia xadrez.

Ó esperta mão-boba que alisa e belisca as duas faces da minha lua cheia.

Ai, sim, caro senhor, por meio destas mal traçadas linhas suplico de joelho e mão posta que faça de mim o teu claro objeto de libertinagem. Assim encarno para o meu singelo Bentinho a duas vezes pérfida Capitu. Em retribuição beije morda se refocile na sarça ardente dos meus lábios e barbarize, por favor, a mais escrava de tuas Marias.

Ordene, que obedeço, cadelinha bem-ensinada. Qual a posição que mais te apetece? Ai de mim, se não acato as ordens! À mercê do castigo sem dó — e só não obedecerei para fruir o êxtase do tabefe palmada chicotinho de sete nós.

Sem esquecer o palavrão com nome de mãe e tudo

E o céu também!

À passagem do senhor as violetas nas janelas, os pavões e as putinhas do Passeio Público te saúdam.

Que se instale o teu reinado, me deixe satisfazer as fantasias do mui fescenino Dom Pedro I das

Marquesas — a língua bífida pra cá pra lá dardeja na crista da cabecinha e projeta impávido colosso o ponteiro único do teu relógio de sol.

Meia preta de rendinha e liga lilás somente na coxa *esquerda*.

E nada de calcinha sob o colante vestido vermelho (ui, credo, se mamãe me vê!).

Alma gêmea vagando e carpindo no encalço do teu falo ereto. Ouça como repica no meu coração o aflito queixume da xotinha babada. Esta sou eu. Arretada, sem-vergonha, perversa. Muito bandida. E cachorra no amor.

Me responda presto — qual deslumbre se iguala a soerguer o saiote branco franzido da garota de bundinha arrebitada? Os meus, os teus, os nossos catorze versos alexandrinos rematados com rima rica, bofete sonoro, canino cortante, báculo de brasa viva e mel.

Caríssimo senhor meu, prometo vinho forte capitoso entre as coxas, uma saia de algodão simplesinha, outra comprida com anágua e sete véus. E tal fúria fogosa que nem a Sulamita jamais teve pelo Salomão lá dela.

Pronta me disponho (mais um dos teus bizarros caprichos?) a refazer na clínica a dupla franja das carúnculas mirtiformes e, ai de mim! pelo senhor e só o senhor — a primeira, sim, a vez primíssima! — deflorada estuprada crucificada.

Venha se banhar nas muitas águas do Rio Belém do teu sonho de piá.

Com o prêmio de todos os lambarizinhos de rabo dourado.

Se te aprouver, quebro o cofrinho de louça e zerando as pobres economias compro aquela calcinha de rendas, laços e fitas da vitrina.

Na última fileira do Cine Ópera te espero, duas coxas lisinhas à mostra, ungidas em mirra e alecrim, uai! fosforescentes na penumbra.

Sou a Rikinha latindo e correndo na grama para alcançar a sombra do passarinho. O senhor fagueiro no voo, eu a saltar no vazio da tua sombra intangível.

Me inscrevo no curso intensivo de dança do ventre.

Enrolo numa trança o longo cabelo loiro, devassando graciosamente a nuca para a tua cúspide fatal.

Ou, prenda de enamorada, recorto com máquina zero em tão preciosa cabeleira as iniciais do meu bem provido cafetão.

No saltinho agulha sapateio e canto sob a chuva nas malditas calçadas derrapantes de Curitiba.

Consinto gemendinha ser amarrada na guarda da cama.

Numa fila de ônibus às seis da tarde na Praça Tiradentes (o senhor de chapéu, óculo escuro e, ai, sim! peladinho sob a capa preta) no teu falo felação faço.

Pinto de arco-íris as unhas do pé.

Devoro montanhas de bombom para ganhar peso e competir nos mimos fofuras graças da tua sagrada Gorda do Tiki-bar.

Todinha nua me ofereço de corpo inteiro no guarda-roupa de espelho duplo.

Com as portas e pernas abertas.

Calço as luvas de crochê da tua primeira namorada (nem quero pensar no que com tanta aflição e delírio ela apalpava).

E que fim, me diga, que triste fim levaram essas luvas branquíssimas do crochê das vovozinhas de outrora?

Venho fazer a lição do colégio sentada no degrau da tua porta. E para o senhor — imagine só! — no uniforme de gala da última normalista.

Casquete, blusa branca e saia azul de prega. Ai, a gravatinha-borboleta, já pensou? Melhor não pense. E com o broche do colégio! Mais a estrela do ano!

Por fim — tua perdição fatal — a meinha, ui, preta, ui, três-quartos...

E esquecer? nunca. O finíssimo sapatim boneca!

Figo, bem sei, o teu regalo preferido. Duplo corte certeiro e já se oferecem dois pares de lábios róseos úmidos.

Quatro pétalas de fruto inocente. Ou escandalosa flor obscena — o recheio de que são feitos os sonhos eróticos? (Pudera não praguejá-la um santíssimo e faminto Homem!)

Delícia única morder a sua polpa de língua trêmula, no dente o estalido gozoso das pequenas sementes.

Gorda colheita de figos com a boquinha entreaberta de tão maduros cultivo só pro meu amor.

E se o convidado não vem... Ai, que desperdício!

Encha as mãos e inteira me desfrute.

De joelho. Supina. De bruço.

Ponta-cabeça. De quatro.

Revirada, ai, sim, pelo avesso.

O senhor esconde o rosto desta cidade, mas não de mim — surpreendo na multidão o lampejo dos verdes olhos furtivos à sombra do boné cinza? ou azul? Na primeira esquina ei-lo ao meu encontro em passos largos e apressados.

Desde longe ao avistá-lo todos os sinos do peito a rebater e clamar — é ele! é ele!

Aleluia, até os meus peitinhos saltam de alegria.

Ai, ingrato!

Sem me ver, espiona de soslaio as mocinhas em flor que passeiam entre as nuvens e pisam distraídas no teu coração.

E cuido eu também de me postar à tua frente, rebolando o lindo rabinho suculento.

Quem sou? Uma nuvem? Um anjo? Uma rosa?

Olhe e veja: o teu pessegueiro florido de pintassilgos pipilantes!

Nele pendure o trapézio de volantim e arremeta voo sobre os telhados da Igrejinha da Ordem.

Seja bobo, sem medo.

Aqui os jardins suspensos da tua Semíramis, rainha boqueteira maior da Assíria e da Babiiônia.

Euzinha, uma fartura de iguarias afrodisíacas reservadas ao Profeta da Cimitarra que Assobia no Ar. Escolha à vontade e usufrua.

Com tanta fome e quantos dedos tenha.

Tais e tamanhas doçuras — uai, arrepio de cosquinha cintilante no céu da boca! — que superam o teu famoso quindim da Tia Ló.

Morda com gana e furor. Comigo frescura não tem vez.

Para o Grão-Senhor o banquete é servido.

Supimpa!

Ele

Desde que a mãe nos largou, fugindo com outro, ele falava sozinho e chorava muito pelos cantos. Gemia a falta da ingrata, infeliz e desgraçido, na força do homem.

Não sei, não me lembro, como tudo começou. Ele bebia sempre no jantar dois a três copos de vinho. Ou mais... acho que...
Com sete anos, eu tinha medo do escuro. Então me deixava deitar na cama do casal. Uma noite, meio dormindo, senti que me erguia a camisola. Não fez nada. Só olhando e falando bobagem que eu não entendi.
Outra vez me baixava a calcinha e passava a mão pelo corpo. Até que afastou as pernas e me beijou e lambeu todinha. Tanto susto, fiquei de olho apertado, bem quieta. O coraçãozinho me dava socos no peito e no ouvido.

Não sabia o que era e nada senti. Quem sabe uma cosquinha boa.

De repente ele se ergueu e foi ao banheiro. Dormimos e, pela manhã, fez o café, perguntou da lição de matemática. Chovia e me vestiu o agasalho novo. Achei que nada tinha acontecido. Apenas um sonho.

Noite seguinte o mesmo se repetiu. Não era sonho, não. O que posso fazer, me diga, tadinha de mim? Não descubro o sentido. Se a tua mãe foge com outro, será que a filha tem obrigação...

Me queixar pra quem? Só nós dois na casa. E depois, já pensou, toda a minha vergonha... Antes morrer, ir correndo me afogar no tanque de roupa. Se todo mundo achasse que era eu, euzinha, a culpada?

Quando choro de tristeza pela mãe sumida, quem me consola:

— Só nós dois... esquecidos nesta casa. Sozinhos contra o mundo inteiro.

E põe no colo, fala mansinho comigo:

— Se um não protege o outro, o que será de nós?

Me anima nos estudos: compra caderno, mapa, livro de figura. Toma as lições e brinca:

— Somos dois assim a aprender.

De prêmio me traz presente. Bombom, sandália, blusa. E até sainha plissada branca, um tantinho curta. Posso usar à vontade em casa, mas — engraçado, né? — nunca sair com ela. Acha que fico demais bonitinha.

Me leva passear no velho carrinho, que eu mesma lavo aos sábados. Me molho todinha na mangueira e fica olhando e rindo. Só que então inventa me dar banho e esfregar as costas — e quer o mesmo com ele.

Daí já crescida ganhei corpo de mocinha. Pedi para dormir no outro quarto. Ele deixou, mas nada mudava. Quase toda noite dividia a minha cama.

Se às vezes eu respondia... Eu, não. Meu corpo, sim, ainda sem eu querer. Puxa, ele suspirava e gemia, todo agradecido:

— Ai, como é... ai, tanto que eu... agora... mor... rer...

E insistia de voz rouca:

— Se você contar... Se alguém souber... Juro que é o meu fim!

Uma vez quando doeu e lhe mordi o pescoço, bem se lamentou:

— Ai, me desculpe, por favor... É que eu... Mais forte do que eu... Não posso deixar... Tô perdido... Sou um condenado!

Tudo aconteceu dos sete aos catorze anos. No começo sempre no escuro. Depois com a luz acesa. Lembro que nunca me beijou na boca. Nem me olhava nessa hora no rosto.

Ninguém desconfiou. Nenhum parente, se algum havia, nos visitava. Não tinha amigas. E as colegas do colégio eu que ia à casa delas.

De verdade nunca me bateu. Um tapinha ou cascudo não conta. Tinha medo dele, claro. Grandalhão, voz grossa, mão gorda. Comigo, certo, só cuidado e delicadeza. Caso eu não obedeça, já pensou, e me largasse na rua, de mim o que seria?

Assim continuou até uma tarde.

Tanto calor, a janela aberta — um sopro de vento abre a cortina. E a vizinha nos viu. Foi correndo dar queixa no posto policial.

Ele negou tudo. Era só mentira e intriga. Ainda assim, intimado a prestar declaração, dia seguinte, às três da tarde.

Na mesma hora ele me beijou e se despediu. Para sempre. Ainda uma vez rogava que o perdoasse. E se foi. Sem mala nem nada. Só a roupa do corpo.

Ninguém sabe onde está. Nunca mais visto ou falado. Uma pobre alma perdida.

Hoje, casada e feliz, espero o primeiro filho. Às vezes imagino que fim levou esse homem. Não acharam até agora o corpo. Ele falava sério, eu sei.

Raiva já não guardo. Aprendi que somos todos míseros pecadores. Deixei as feridas da memória para trás.

Sinto falta da minha mãezinha sumida. Toda noite rezo por ela.

E quer saber? Penso em dar ao meu filho o nome dele.

Lábios Vermelhos de Paixão

Sabe o que é beijar outra moça na boca? A língua dócil e macia que se derrete de tamanha gostura e ostra coleante já tateia caminho por entre os dentes?

Sabe lá o que é lavrar essas dunas movediças no meio das coxas?

E a delícia de vê-la descruzar as pernas, antes mesmo de você pedir — o som da tua única mão que bate palmas?

Ai, uma mocinha que se entrega tem a boca entreaberta, os seios saltam (na infinita esfera celeste alguém já viu curva mais perfeita?), saltam em pé da blusa, dois duma vez, ofeguentos com falta de ar.

E uma colmeia, sim, de vespas laboriosas sob a calcinha.

Se você a exalta com os mais líricos palavrões mais babada fica de suspiros gemidos gazeios. Xingar gentilmente uma moça é ganhá-la de puro amor.

Pastar e mordiscar sem pressa um e outro peitinho — que pouco tempo dispensam os homens aos nossos mamilos e aréolas! —, sugar essas metades sem defeito de pera? pêssego? taça de vinho rosado? Enquanto (a calcinha já molhada) se coze em fogo brando o precioso fruto.

Ah, fique de quatro, querida putinha. Oh, bunda! que o teu poder mais alto se alevante. Essa tua nalguinha, meu delírio! Soneto alexandrino exato, ó cesura dupla ó rima rica ó fecho de ouro!

Agora baixe devagar vagarinho a mínima calcinha.

Ai, ai, nego meu, no curso dos eventos humanos qual mais importante que a tua garota disposta a tudo o que você quer? Esse traseiro meneando obediente oferecido no beicinho pra ganhar dendém?

Agora a minha vez. Beliscar com gana, bater sem dó, descompor de paixão. Minha putinha é o encontro místico das ondas do céu e das nuvens do mar. Já lambida do licor de abelha-rainha — os pentelhos emaranhados, os grandes lábios trêmulos, o vale de sombras no portal das coxas fosforescentes.

Indefesa nessa postura é que te quero. Beijo e babujo os pequenos lábios que em retribuição piscam gaguejam miam.

Saído do forno um quindim de pétalas dentadas a tua vulva, tão doce pronto me arrepia de cosquinhas o céu da boca. Assim túrgida, vê-la e degustá-la é obra de um instante. Provo aos bocadinhos no suave embalo de suspiros e queixumes.

    Umedeço o indicador no sumo fervente e meigamente dedilho o cuzinho em flor. Pouco me demoro que ela, aos arrulhos e ganidos, já não pode esperar. Com o terceiro quirodáctilo esquerdo lhe revolvo fundo a rósea concha bivalve — e sei que lá vem grito. Um, dois segundos. Pronto ela começa a pedir para morrer. Sinto o clitóris em riste e exerço ligeira pressão no rabinho. E dá-lhe ai. Dá-lhe gemido. Dá-lhe lágrima e soluço.

    Nada se compara a fazer uma mulher gozar. Veja como ronronante se enrodilha. Te olha langorosa, toda perdida. Labareda e febre, agora quieta e submissa.

    Não fique sossegada, querida. Mal sabe o que te espera. Oh, barquinho bêbado! com ele descobrir as nascentes virgens da sagrada fonte. E me aventurar pelos cinco oceanos crespos das mais perversas fantasias.

    Obrigá-la a desfilar nua, sim, em lágrimas, sim. Sapatinho prateado de salto alto. Longa cabeleira desfeita. Meia preta e liga roxa só numa perna, a esquerda. Em lágrimas, sim, todinha nua, sim, pra cá pra lá na passarela dos meus caprichos delírios loucuras.

Do ninho pipilante de boquinhas gulosas retiro o dedo e volteio nos seus lábios. É puro mel que o colibri alucinado suga e o olhinho vesgo revira.

Então nos beijamos. E aqui a maravilha: qualquer mulher goza — sem esforço algum — duas, três vezes seguidas. Com tal prelúdio nos satisfazemos até cinco ou seis — e só descansamos por exaustão e não saciedade.

Ainda insatisfeitas, a custo nos separamos. Garotas de fino trato, resistimos. Na verdade mais gosto de iniciá-la em proibidas delícias do que eu mesma gozar.

Homens, ó babuínos tatibitates das cavernas. De repente — como explicar? — um certo asco físico e espiritual (não do meu neguinho, que esse é único).

Arre,
o andar desengonçado,
os pelos, o pelego de pelos!

o suor, o suor,
a pança pomposa e obscena,
a impaciência no prazer,
ai não,
a ejaculação precoce.
Tudo fazem com pressa.
Malfeito sempre.
E isso não é nada.
O pior é a conversa.
Não escutam, não entendem, nunca leram um livro, não viram uma pintura, nunca ouvem uma sinfonia.
Sabem, sim, o quê? Se vangloriar dos tantos e muitos litros por quilômetro que apostam no carrão prateado.

Eis que ela já me olha mendicante. E começamos tudo de novo.

Com mil variações.

Que vista a minissaia xadrez plissada.

Que eu pinte os lábios de vermelho-paixão.

E dançamos na penumbra entre ósculos mordidas amassos. Eu (ela) sussurro(a) aos dardejos da linguinha na orelha o que vai/vamos fazer.

A vez de qual apanhar?

Beliscão? palmada? chicotinho? Quem saracoteie o *strip* completo? A que se masturbe? Use o consolador — o médio verde? o grande azulão?
Isso, sim, neguinho meu, que é excitante. Vá por mim, experimente só pra ver.
Ó alegria, sublime alegria! Espiá-la de pernas abertas — marcha lenta, trote, galope —, intrépida domadora upa! upa! do rebelde ginete corcoveante upa lá lá! a rédea nos dentes. Tremendo é o fogoso resfolegar de suas narinas.
E ordenar: faça nessa posição, agora na outra. Em frenesi beijá-la e manuseá-la frente e atrás nas dobras e fendas mais secretas.
Afinal cobri-la de tapas estalados e amoráveis palavrões.
Até que, exausta de prazer, desmaie e faleça nos teus braços. Para sempre no fundo dos meus esses negros olhos putais. Ai, grande cadelinha rampeira. Essa não...

Ai, essa não. A voz irritante do bobo do meu marido no corredor:

— Querida, cheguei. Sou eu. Onde está o meu bem?

Bem quando... Ah, esse cara me paga. Recomponho as rugas do vestido e me afasto do espelho — que pena ser de novo uma.

E não mais as duas mocinhas perdidas de amor no breve sonho acordado.

Marishka

O mundo é só Marishka. O resto? Supérfluo e trivial, nadinha de nada. Marishka habita no verde dos meus olhos. Sem preocupação de verossimilhança psicológica, coerência política ou prospecto financeiro. Sua eternidade é agora.

O mais belo espécime na face da terra. Hoje Marishka o que foram, a seu tempo, a voz rouca de Greta Garbo e os olhos putais de Ava Gardner. Sim, o esplendor das coxas de Cyd Charisse. Sozinha Marishka é a nova mitologia.

Das pedras que pisa Marishka nascem violetas e pavões. À sua passagem, vejam, ó incrédulos!, o despropósito de mil arco-íris no céu, inundações avassaladoras em todos os rios e lagos, cantiquinho de pintassilgo no peito dos monges santos do Tibete. Cegos para sempre pela sua nudez única.

Ei-la na marcha indócil de égua do Faraó Ramsés II, carro de fogo, nuvem calipígia de olhos dourados e saltinho agulha, sarça ardente abrasando as árvores do deserto.

Os versos de Sinhô (*daí então dar-te eu irei/ o beijo puro na catedral do amor*) já celebram Marishka atemporal. Assim a alegria do teu canto desafinado no banheiro. E o deslumbre do menino míope com o primeiro óculo.

Bendito uísque ou droga que leva Marishka a se livrar do paletozinho e da saia, já sem sutiã e calcinha. Ri, careteia, grita, chora, geme, suspira, soluça, desfalece de paixão. Se é mentirosa compulsiva, pérfida e bandida, o que interessa?

O que vale é Marishka existir, foi tua por uma noite e para sempre, uma aventura edificante a ser contada aos netos. A lembrança da delicadíssima felação, oh, céus!, jardim de delícias que te faz aceitar jubiloso a morte por fuzilamento com direito a tiro de misericórdia na nuca.

A saudade furiosa do corpo de Marishka é a dor, o mesmo urro de dor que você deseja e prageja, sim, ao teu pior inimigo.

Todas as mulheres, antes e depois de Marishka, se perdem na noite escura do esquecimento. Só me lembro do teu conjunto branco justo, o vestidinho amarelo, aquele outro azul. Ah, Marishka, esse velho roupão escarlate só valoriza as tuas imaculadas brancuras.

Imprevisível, ora a menina ingênua e santa, ora a velha puta de todos os vícios, o rosto já denuncia o álcool e a droga. E a voz rouca, sempre um tom mais baixo, você apura o ouvido para entender. Faz silêncio por dentro a fim de escutá-la.

Minha orquídea branca e luxuriosa, na rendilhada *lingerie* preta, sem esquecer a liga roxa — essa alucinante nesga de coxa alvíssima lavada em sete águas.

Viva Marishka, acendendo um cigarro no outro, dançando nua na boate de lésbicas, sozinha na sua loucura — e a redenção do mundo pela graça de tamanha beleza imortal.

Marishka transcende o tempo. É um diálogo de Platão, broinha de fubá mimoso, um poema de Rilke, o coração da alcachofra, girassol de Van Gogh, o cantiquinho da corruíra, um conto de Tchecov, o som de uma só mão que bate palmas.

Ó fogosa Marishka! Ó querida e perdida Marishka! Ouça, por favor, onde estiver.

Atenda, ingrata, escute, desgracida, o meu pobre gazeio de amor

O Anão e a Ninfeta

Ele de pé, eu sentado, os dois do mesmo tamanho. Fala comigo, mas não me vê. Só tem olhos (uai! chispas furtivas de volúpia) para as lindas mocinhas da loja. Essas pérfidas que guardam distância prudente da sua mãozinha pequena, mas boba.

Garboso no *jeans* e tênis incrementado. Seriam da loja de criança? Vigia a passagem da gerente e dela esconde o copinho de café — toma três a quatro, com bastante açúcar.

Um forte, desafia de peito aberto a legião dos bárbaros de Golias. Sacola branca no ombro, correndinho no passo miúdo e rebolante, empinando a nalguinha e — macho não sente frio — sempre de manga curta.

Se esgueira pela cidade, cuidoso de não ser atropelado, pisoteado, esmagado por uma pata de gigante caolho solto nas ruas. Ninguém nunca o desvia — suma vocezinho da frente, e já!

Eu te saúdo, valentão do mundo.

Ó maldito mundo, onde todos — exceto o nosso herói! — têm três metros de altura. Ai, o eterno torcicolo de olhar sempre para o alto. Nas ruas à mercê desses brutamontes que, entretidos com celulares e fones de ouvido, podem já espezinhá-lo — uma folha seca chutada pelo vento.

Ó grandes barões de negócios! Ó míseros caçadores míopes de moscas!

Primo Santuro se chama. Não admite apelido, exige por inteiro o nome. Embora mal chegue à altura da mesa, faz todo o serviço externo da loja, paga as contas no banco, despacha carta e impresso, reconhece firma.

Aprendeu a aceitar o nanismo, sem protesto. Um capricho da natureza? Pois sim. Uma falseta de Deus? Que seja. Arrostaria os rinocerontes das ruas e os mastodontes da vida com as suas diminutas forças e armas — ainda fossem de mentirinha.

Verdade que baixinha a mãe, mas não o pai, alto e bonitão. Por ele desdenhado, que o enjeita e não lhe reconhece a bravura.

— Você é que devia ter morrido. Não o teu irmão Paulo!

Bravura e grandeza. Na sua batalha obscura, não menos épica, um guerreiro impávido colosso, ombro direito curvado ao peso da sacola. O ladrão, ao arrebatá-la, arrasta-o com ela?

Descuidoso, leva o seu dinheiro no bolso traseiro da calça. Se alguém o adverte do risco, já se encrespa:

— Pilantra comigo nenhum se arrisca!

De repente um alvoroço — gritinhos e risos nervosos — na roda de ninfetas, o que foi? não foi? foi o nosso herói que passou.

Tremei, pais de família — Don Juanito sai à caça!

O maior assanhado por moça. E, bobo não é, prefere as bonitas. Com elas gasta o salário, assume dívida, paga juro abusivo. Ai, os banquetes da vida — os mais suculentos! — fora de alcance. Elas, as suas deusas, se recusam a enxergá-lo, essa mínima formiguinha no ínfimo chão.

Não basta se fazer mais pequenino para espertar o instinto materno das divas. Anjinho implume, sim. Mas perverso. Deve aliciá-las com lanche e presente, relógio de pulso para uma, pacote de bombom para outra.

Insiste em beijinho na face das bancárias, que se curvam, divertidas e meio assustadas. Pergunta uma delas:

— Mais alguma coisa?

E o nosso herói:

— Só me falta você!

Lá se vai rindo gostoso e sacudindo a bundinha alegre.

Única feita visitou o 4 Bicos, famoso palácio do prazer. Com o taxista esperando no pátio, esbanjava numa tarde o salário do mês. Forte vocação, já se vê, de formiga pródiga.

Ao ecoar no relógio da Catedral a sexta pancada do crepúsculo, se retira o funcionário exemplar e no fundo do beco aponta o nosso herói nanico.

Ao sol prefere a luz negra dos inferninhos.

Lá é amigo do rei do pedaço. Bem aceito na barra pesada, um tipo de mascote safado. Toma todas: cerveja, rum, conhaque, vinho, uísque — o que vier. Sempre alguma proeza a contar.

Olhinho aceso pelas garçonetes e putinhas do Hula-Hula. Acertado o preço, vai com a peça ao hotelzinho suspeito da São Francisco. Priápico, vangloria-se do bom desempenho, a fama indiscutida dos anões. Ainda bem que, deitadas, todas ficam — ó maravilha! — do seu tamanhinho.

Pena que, ao acordar, o bolsinho revirado no avesso — pô! outra vez?

Único assunto as mocinhas bonitas, família ou programa, de todas cativo. A elas consagra, dedica e oferece a minúscula vida. Além de consumir o salário, solta cheque sem fundo, honrado afinal pela mãezinha indulgente.

Três da manhã, desperta o nosso herói, sedento, olhinho mortiço. Epa! surrupiada a jaqueta nova — em que bar? por qual vigarista? E o reloginho de pulso — epa!, digo eu, mais um? Até a cuequinha, ó Senhor, no quarto de encontros amorosos?

Nu, ao lado da cama — ainda menor descalço. A cabeçorra no corpo de garoto. Tristinho de morrer, infeliz, quebradiço de tão frágil.

E sempre que se vê no espelho, orra!, tem de olhar pra baixo.

De palavra polissílaba engole no mínimo uma delas. Divide a humanidade em inibidos e exibidos. Ele é exi...do (epa! uma sílaba de menos), já foi ini... do. Agora corre intimorato à luta. Telefona a uma de suas ninfas e convida para o chazinho.

— Posso levar o meu noivo?

A resposta da ingrata e linda. Mas não se abate. Outra será menos difícil.

Só de criança não gosta — curiosa, indiscreta, cruel. Como perdoá-la, se não para de crescer, a desgraçida? Rodeiam-no em grupo, querem tocá-lo, boquiabertas. Uma corcova, oba!, esfregá-la para dar sorte. Um bobo de circo? Uma aberração? Um espirro de gente?

— Veja, mãe. O hominho, que engraçado... Deixa brincar com ele?

A pronta resposta:

— Mais bonita é a mãezinha. Que tal eu e ela? O joão-teimoso de duas costas?

Bem se perturba ao cruzar com outro da sua pequenice. Tropeça no vazio, faz que não vê. Mais triste quando em fantasia colorida de palhaço na porta de uma loja.

Mas não se entrega. Já engole um copinho de café atrás do outro, com muito açúcar. Tão aflito, sempre um pingo preto ou pó branco na ponta do narigão rombudo e torto.

— Tudo bem, ainda bem.

Não tudo. Mesmo para o nosso volantim audaz na corda bamba — sem vara e sem rede.

As madrugas alegres, o mulherio, um cigarro aceso no outro, a bebida falsificada. Mais quantos Gardenal para os nervos?

Sim, o nosso herói... O mal sagrado de santos e césares.

Febre e taquicardia, 108 b.p.m.

Valoroso, morre, mas não se rende. Óculo escuro, desgrenhado, pudera, se recolheu às cinco da matina. Bacanal na casa de mulheres, excesso de conhaque e cerveja.

Desta vez discreto sobre a atuação na cama. E o novo remédio que devia tomar a cada quatro horas?

Perseguido pelo sonho recorrente com o pai. Manso e humilde (o que nunca foi), o velho déspota se queixa:

— Ai, o que me aconteceu?

E quem diria! Também ele... um *pigmeu*.
— Olhe só pra mim!
O menor anão do mundo.
Já não pode o tirano implacável, ah, não mais!, perseguir e ameaçar o filho. Que se ajoelha para entender o fiapo de voz lá embaixo:
— O culpado não sou eu.
Compassivo:
— Sei, pai. Eu sei.
Rentezinho ao chão, o cicio rouco de fúria:
— É você. Só você!
E sem aviso a paixão alucinada do nosso herói pela famosa Otília. Negros olhos sem fundo, as longilíneas pernas, oh, sim, coxas fosforescentes no escuro.
A sofredora mãe se assusta com as exigências de dinheiro:
— Meu filho, meu filho. Seja bobo. Essa fulana não presta.
— Se você visse, mãe, como é bonita!
— Mais bonita, mais traidora.
— A senhora não conhece.
— Moça má engana bem. Isso eu sei.

O falso amor de Otília (que, salvação dele, fugiu com um taxista gordo de óculo) durou trinta e um dias e cinco cheques sem fundo.

Na pontinha do pé forceja para abarcar — ai, tão curtos não fossem os braços! — a árvore florida dos prazeres e, nos galhos mais altos, colher os frutos proibidos chamados Soninha, Rosinha, Claudinha, quantos mais?

Bendita e louvada primavera. A tentação das mil ninfetas em flor pra cá pra lá. Vestido branco de musselina... minissaia vermelha... blusa decotada... sem sutiã, ulalá!

Exibem e oferecem aos olhos (ai, Senhor, só aos olhos) as graças mimos prendas — não é pedir demais ao seu miúdo e sofrido coração?

Ah, se ele pudesse... ah, se elas deixassem... Umas poucas palavrinhas (de três sílabas), porcas ou não, sopradas ao ouvido na hora certa. Delas arrancaria êxtases de lírios místicos! rosas despetaladas de gritinhos e desmaios!

Em vez disso, o quê? A loira pistoleira. Gardenal. Iodo no uísque. Receita mortífera.

Achado pela manhã no quarto sórdido de pensão.

O pequeno príncipe bandalho na sua estrelinha de luz negra.

Sem relógio de pulso. Sem cueca. Sem tênis. No campo de batalha. Nu e despojado. Como deve ser o fim do herói.

Celebrado por anjos caídos. E putas viciosas, bandidas e cachorras.

Duas Normalistas

Às três da tarde, aperto a campainha do teu apê. Trago uma colega. Tem dezessete aninhos. Uniforme de normalista, como você pediu. Mais: corpinho de curvas, seio de maçã, bundinha arrebitada. Está noiva. É a sua despedida de solteira. O meu presente para você. Que nos abraça e beija. Logo se instala no trono do teu quarto. Todo-poderoso. Da tua poltrona governas o mundo.

Duas bandidas. Armadas para matar: boca pintada, blusa branca de botão, gravatinha, sutiã de taça, sainha azul plissada. Você liga o som frenético do coração de um drogado.

E dançamos devagarinho uma com a outra, ondulando os braços, a cintura, os quadris. Trocamos beijinhos e carícias. Sem pressa. Ela apalpa e belisca de leve a minha bundinha. Deslizo a mão sob a sainha dela e recolho presto senão queima: uma brasa viva. Ao teu comando, uma vai tirando a roupa da outra. Abrindo, um por um, os botões da blusa apertada. Tímidas, a cabeleira cobrindo o rosto em fogo. Brancuras e delícias só para você: uma nesga de ombro, o bico tremido de um seio, a volta fosforescente de uma coxa...

Você ordena, duro, que baixemos a calcinha. Quer ver as duas bundinhas — e já. Morrendo de vergonha, ai não, obedecemos.

Aos poucos, relutantes, vamos descendo as calcinhas, uma rosa-choque, outra vermelha. De costas, subimos um tico de saia — e um nadinha mais... Aprumadas no saltinho alto. São dois rabinhos à tua disposição. São as faces ocultas de duas luas rechonchudas.

Sob a anágua da normalista se espreguiça a Grande Prostituta da Babilônia. Ficamos de joelhos, o sutiã preto com rendinha de taça transparente. Uma diante da outra, as pernas afastadas. Buscando e roçando a penugem do ninho de colibri. Uma com o dedinho médio na xota da outra. Ela está molhadinha e eu toda inchada.

Daí rastejamos até você, sentadão ali de perna aberta. Nosso Grão-Paxá. Nosso Dom Pedro I de Sodoma. O fabuloso Ali Babá, mercador de nossos quarenta tesouros escondidos.

As duas nuinhas. Só com as longas meias pretas e ligas roxas. Tão dóceis, excitadas e amorosas. Você pode fazer com a gente o que quiser. Duas escravas para te servir. Duas cadelas no calor de serem cobertas. Engatadas no mesmo macho. Aos gritos apedrejadas pelos meninos da rua.

Te beijamos da cabeça aos pés. Me demoro na tua boca, esses longos beijos de língua que a gente gosta de dar. A noivinha lambe o teu pau colosso. Viaja por ele com toda a língua. Também me ajoelho em adoração desse Pai dos Pais.

Ai, Senhor, como é bom. Você descansa a pica na boca de uma, depois da outra. Canarinho rosado que numa só revoada colhe cento e uma formiguinhas de asas. As duas lambemos ele todinho e trocamos beijinhos na boca. Eu te chupo, bichana gulosa. Ela titila as tuas bolas com a língua. E o meu clitóris com o terceiro quirodáctilo.

Você agradece com dois bofetões estalados e ardidos em cada uma. Nas bochechas de baixo e de cima. Ai, bem, doeu. Assim com força, dói. Quer mais, putinha, quer?

Ai, gostosão, por favor me coma. Eu já não aguento. Me foda todinha. Venha, sua cadela. Venha dar gostoso pro teu macho.

Eu me sento no teu caralho supimpa. As pernas abertas sobre a poltrona. E sinto o punhal de fogo e mel trabalhando a minha xota. Galopo nas nuvens e deliro de olho fechado. A pomba branca do amor em pleno voo alcançada currada estripada pelo ávido gavião.

A menina agarra com força os meus peitinhos, morde o meu pescoço. Os seus pentelhinhos crespos me arrepiam docemente a bunda.

Gozo no corpo inteiro. Tenho orgasmos do calcanhar até a nuca. Me desmancho de puro prazer. Fico ali gemendinha.

A guria se instala ao nosso lado. Me beija furiosa a boca. E descansa a tua mão na bucetinha dela.

Eu também quero, ela pede. Então fique de quatro.

Ela — o grande olho verde arregalado de susto, desejo e medo — se põe de quatro na tua cama.

Ai, que linda nalguinha empinada. Os seios pendurados assim cachos maduros de uva rósea. A xotinha babando prontinha para ser fodida. Separo os grandes lábios e acerto o teu bruto pau na pequena fenda úmida.

Quero ver você comendo a noiva. Quero ver a tua pica entrando com tudo. Quero te beijar todinho enquanto você trepa fogoso a tua cabritinha.

A menina geme enlevada e quero deixá-la mais feliz. Você enfiando com decisão o caralho, eu lhe acaricio o clitóris. Pedindo para morrer, ela chora lágrimas gordas de prazer.

Qual cuzinho você quer comer? Os dois, você diz.

Estou louca para te dar o rabinho. Ó minha gruta secreta entre dunas movediças. Fico tão cadelinha, piranha, rampeira. Ai, é bom demais. Ó meu mimoso cravo violeta.

O Rei dos Hunos ronda, acha, pede passagem. Violento e gentil. Ai, dor. Oh, delícia. O alfanje é recebido na bainha sob medida.

Que se escancarem os portais do templo das musas calipígias. Quando sinto a cabecinha entrando quero uivar. Sim. Bem putinha puta putona. Eu sou. Sim. Cuidado, amor. Que dói. Devagarinho. Ah, é? Pronto, lá vem você com toda a força. Sem piedade. O aríete impávido colosso arremete rompe marra tudo pela frente. Que vagarinho. Sua viada. Pô, é pra doer. Geme. Assim. Chora. Mais. Já tiro sangue, orra.

Minha alma dá gritos de alegria. Você me racha pelo meio. Eu me abro em duas metades perfeitas.

Agora é a vez da noivinha. Com o teu cedro-do-líbano bem dentro do meu pobre cuzinho, ela dedilha o meu botãozinho em chamas.

De tanto gosto, os grandes lábios batem palmas.

Frenéticos, piscam os pequenos e me mordem.

O cuzinho lambe os beiços e delira de boquinha aberta.

Ai, o coração latindo no peito e ganindo no meio das coxas.

Você não espera mais e explode o meu rabinho. Já não tenho cabeça mão perna.

Sem consciência.

Sou puro gozo. Só gemido êxtase epifania levitação. Duas asas tatalantes da borboleta trespassada na múltipla agonia. A minha alma aos uivos subindo num rojão fervente de porra. E o teu Exército com Bandeiras ocupa toda a cidadela arrombada.

E eu? Choraminga a noiva esquecida. E eu? O outro cuzinho fica para outro dia, você diz.

O Caracol

Recebi hoje a carta fatídica do adeus para a tua desgracida. Essa mesma do vestido vermelho e bundinha espevitada que um dia açulou a tua paixão.

Sou agora uma sábia no prazer. Ai, de nada me valem manhas e artes. Que fim levou o trovador destas coxas lavadas em sete águas e fosforescentes no escuro?

Ora, dirá você, e os outros... Esses outros tantos e tontos por aí. E deverei acaso passar o resto da vida a instruí-los? Tudo lhes falta, nenhuma prenda, graça ou talento.

Longe de mim, ó trogloditas do coração.

Onde a cimitarra do profeta que assobia no ar, me rasga ao meio e retalha de orgasmos múltiplos? Da tua desvairada poesia nunca mais o ferrão desse canino em brasa na nuca?

Ai, que saudade de nossas tardes fagueiras — ó esganaduras! ó tesouras-voadoras! — à sombra dos lençóis de florinhas. O que fazem os doutos professores nas faculdades? O aluno e diplomado e não consegue articular um discurso amoroso ou, ao menos, libertino.

Ninguém sabe nadinha de relógio de sol do ponteiro único, soneto alexandrino, luvas de crochê, Sulamita, gulosa boca vertical, pessegueiro florido de pintassilgo pipilante, quindim justo saído do forno...

Quanta boa literatura perdeu Curitiba só porque você me abandonou!

Comigo não tem essa de *ai, Jesusinho, não pode, ai, não, assim dói*. Eu quero tudo o que meu Grão-Mestre ensinou — o remoinho de braços e pernas, o mordisco e o tabefe nas dunas calipígias, a garoa miúda de palavras porcas e líricas, a língua titilante na orelha que orvalha a calcinha, o miado o grito o uivo! a louca vertigem! a revoada nupcial nas asas dum dragão de fogo sobre os telhados da Rua Ugolino!

Da ingênua de mim quem me fez Cleópatra entre as rainhas, picada todo dia pela áspide da tua sedução fatal?

Quem pode com a magia das palavras me despir frente e verso?

Com as palavras que outro consegue me lamber inteirinha?

Mais ninguém sabe lavrar o meu corpo com a paciência do caracol que sobe o Monte Fuji assim devagar de-va-ga-ri-nho.

Ó epifania! Uma só mão, veja! Que bate palmas! bate palmas!

Urgente incutir essas noções básicas em cada aluno, catedrático, cidadão qualquer. Delas dependem a ordem e o progresso.

Mundo de analfabetos do amor, tatibitates na cantada, no simples toque furtivo do terceiro quirodáctilo esquerdo. Pobres cegos incapazes de adentrar esse reino de iluminação deslumbre maravilha.

Que sorte a minha! Beijo as mãos, os pés, o cajado de serpes vivas e sarças ardentes, a boca trovejante do meu pastor, meu oráculo, meu cometa do prazer, meu cafetão, meu príncipe idolatrado, salve, salve!

Em cada ditirambo, figura de linguagem, redondilha gentil suspirada no ouvido, foi você a mão que sobre o muro alcançou e roubou a espiga. O meu inteiro corpo é hoje uma floração de epopeias eróticas que remetem agora e sempre ao nosso velho guarda-roupa.

Se lembra, ó você, infiel desmemoriado de Curitiba?
Eu, toda nua.

Nuinha sob o vestido vermelho rasgado (ai, não, rasgado em tiras por qual bruto apache ou minotauro fogoso?).

O armário de portas descerradas com os dois espelhos. E ali dentro, exposta na tua mesma altura... Eu, santinha de mim, as pernas bem abertas — crucificada de amor.

Violeta de pureza. Pavão de luxúria.

Ali oferecida pra você. Meu carrasco! Meu assassino!

O Mestre e a Aluna

Eis o ponto final na minha tese: *Capitu sem enigma*. Esfinge sem segredo. A epígrafe você sabe de quem: "Se a filha do Pádua não traiu, Machado de Assis chamou-se José de Alencar." É o último dia de apresentá-la ao Mestre e Orientador.

Ducha ligeira, blusa vermelha, saia xadrez plissada, meia preta três-quartos, bota de saltinho. E saio correndo, as pontas do cabelo molhadas. Não devo entregá-la na Faculdade. Mas no seu apê. Segundo ele, oferece mais sossego — a mulher está viajando.

O Mestre me introduz no escritório. Instala-se atrás da grande escrivaninha, inchada de papéis e livros. Indica uma cadeira à sua frente. Folheia o trabalho. Duas ou três perguntas. Apruma-se na poltrona e me concede um sorriso.

— Agora podemos conversar.

Estende o bracinho curto.

— Aqui mais perto.

Ai de mim, bem o que eu temia. O que, na minha vez, faria Capitu? Não se sacrificou ao marido e senhor para sua ascensão social? Devo o mesmo a esse asno pomposo e pançudo? Se não vou, já sei: nota insuficiente, reprovação, a carreira truncada.

Dou volta à mesa, subo os degraus do meu cadafalso. Me encolho na cadeira próxima. Escondo o tremor das mãos. Joelho apertado, olhinho baixo. Assim perdida quanto a amiga da Sanchinha — amiga ou, mais certo, amante?

— Tão bonitinha...

Voz grossa e rouca. Já engolindo ruidoso em seco. Inclina-se e, sem mais introito, passa de leve o indicador em volta dos meus lábios. Devagar, degavarinho. O dedo fica manchado de batom. Para minha surpresa, sinto a resposta de pronto na xotinha. Pétalas de rosa já se abrem ao rocio da manhã.

Descerro os lábios, ele insinua o dedo e gira na minha língua. Só com a ponta me ponho a lamber o dedinho — sou eu? é a outra, safadinha, lá na Suíça?

A gente se olhando sempre no olho. Eis que enfia todo o dedo na minha boca. Chupo e lambo, gozosa.

Já viu beija-flor no pote de água com açúcar? Aquela asinha frenética o meu coração. Todinha presa pela língua — não fosse ela, desferia voo.

Aí recolhe o dedo. Me ergue nos braços e me beija. A minha língua na dele. A dele na minha, enroscadas. Sou peixinho fora do aquário, estalando o bico de aflição, sem ar para beber, sem água para respirar.

Ele se recosta na cadeira. Me deixa de pé entre os seus joelhos.

— Tire a blusinha.

Começo a desabotoar numa confusão de dedos. Presa ao grito dos seus olhos. Espantada. Mais de mim que dele. Euzinha, quem diria.

Não trago sutiã. E abro envergonhada a blusa, que desliza aos meus pés. Ele se chega.

— Que peitinho mais lindo!

Veja, ó puto: o Monte Sinai da revelação e o seu duplo. Rodeia a língua babosa no meu mamilo duro. Primeiro um, depois outro. Bacorinho mamando, suga o leite mais doce. E de súbito abocanha. Todo o peitinho na sua boca escancarada. Com a mão direita titila o segundo biquinho. Perna já não tenho, o que me sustenta de pé? Só quero ser lambida. Todinha lambida. Ai, minha calcinha orvalhada!

O Mestre corre o fecho da calça. Presto exibe o punhal róseo de mel. Desfraldado, em riste. A durindana em brasa viva tinindo à cata de sua bainha. Olho estupefata e aturdida, quem sou eu? qual o meu nome? o que estou fazendo?

— Levante a sainha, amor.

E eu? Oh, não, obedeço. Sim, meu senhor.

— Fique de costas. Mostre o teu rabinho.

Me viro, ergo a sainha até a metade.

— Rebole essa bundinha.

Peticinha arisca, refugo mas atendo: empino e volteio o lombinho indócil, que nenhum cavaleiro já montou.

— Tire a sainha, querida.

Ela cai sem ajuda.

— Agora bem devagar a calci... assim...

Relutante, aos poucos, eu... No seu gordo olho sanguíneo enxergo a minha violação. O anúncio do meu estupro múltiplo.

— Agora venha aqui. Não. De joelho.

O obelisco impávido colosso ali na minha cara. Dispensa mandar. Lambo desde as fundações até o supremo capitel. Dardejo. Beijo deliciada. Ponho inteirinho na boca — é todo meu!

Sou o néctar da flor carnívora que suga o bico do colibri gigante.

Brusco e violento, me suspende com as duas mãos. Joga de bruços ali na mesa. Caem livros e papéis, quem está ligando? Nas últimas forças, um grito de pânico:

— Tem dó de mim!

Ele se imobiliza.

— Você é virgem?

— Assim... meio... quase...

Feroz, impiedoso, triunfante.

— Não tenha medo, sua putinha.

Entre as pernas eu sinto o badalo de um Quasímodo cego e surdo — os sinos dobram por você, Esmeralda.

— Se eu tivesse dó, você ia gostar menos!

Trêmula e suplicante:

— Só peço... tudo que é sagrado... seja paciente e delicado...

Ah, é? Qual dó. Qual delicado e paciente. Qual meio bastante quase: o bruto vem com tudo.
Enterra o picão na pequena bucetinha entreaberta.
Tão úmida, ansiosa, inchada, que ela geme:
— Ai, sim. Me foda, sim.
Não reconheço a voz. Juro, minha não é. Ele empolga as rédeas no queixo, aos brados:
— Vou foder, sim, cadelinha. Foder essa buceta de puta. Essa xotinha melada de vadia.
É o sinal: gozo no corpo inteiro, suspensa entre o céu e a terra.
Olhe o arco-íris se abrindo nas nuvens.
Gozo mordendo o pau gostoso com os dentinhos da xota.
Gozo elevada no ar — veja, mãe, sem as mãos!
É quando o Anjo do Terror sopra no meu ouvido:
— Sabe o que pede uma eguinha como você?
Não sei. Ai, que medo. O que pode ser?
— É tomar bem dentro do cuzinho.
Estremeço. O cuzinho, ele sim, é virgem.
— Ah, não. Isso, não. Tudo, menos...
É tarde: já a cabecinha rodeia e acha sozinha o portal sagrado. Ai, sem pedir licença. Ai, ai, está entrando. Me agarro com força à mesa e tento me livrar.

Pobrinha de mim. Ele me segura firme pela cintura. E me abre pela metade. Em duas partes, separadas. Começo a chorar, de tanta dor.

Mas qual prazer maior é esse, ó mãezinha? Que nasce da entrega exultante ao teu martírio? Mais forte que a própria dor?

São duas asinhas loucas de êxtase batendo duzentas vezes por segundo no meu coração calipígio. Devo rir ou chorar? Oh, dor. Ai, delícia.

— Ai, que rabo mais gostoso. Grande vagabunda. Era isso o que você queria. Capitu, porra nenhuma. Veio aqui só pra dar. Prova é a tua calcinha roxa... de rendinha preta...

Nossa, o Doutor e Mestre piradão. Esse é o Zeus trovejante de raios sobre o solecismo bárbaro? Esse o implacável Robespierre, carrasco e guilhotina, no encalço da crase humilhante?

— Quero encher esse rabo de porra. Quero gozar bem no teu cuzinho.

Dele a grotesca bocarra de gárgula que despeja esse chorrilho de palavrões imundos?

Ai, fico tão excitada. Sinto a bundinha pulsando e latindo de puro tesão. Recebo o cálido repuxo do

Mestre de Letras no meu cofrinho arrombado: o vinho na taça roubada é mais doce.

    E os dois explodimos em estrelinhas piscantes no céu, peixinhos dourados no azul do mar, florinhas de todas as cores vagando no ar.

    Vestidos e recompostos. Um tantinho ofegantes.

    — Na próxima vez continuamos...

    De novo o Grande Inquisidor das monografias.

    — ...a discussão sobre Capitu.

    Me leva até a porta. Essa, não. Um ósculo furtivo em cada face.

Este livro foi composto na tipologia Minion Pro Regular, em corpo 13/19, e impresso em papel off-set 90g/m^2 no Sistema Cameron da Divisão Gráfica da Distribuidora Record.